Rumeurs fatales

Kédy Delullier

Rumeurs fatales

Roman

Editions Cockritures

Photos : © Emmanuel Cockpit
Couverture : Emmanuel Cockpit

www.cockritures.fr

ISBN 978-2-9543419-1-0

A ma mère,

Elle est sale glauque et grise, insidieuse et sournoise, d'autant plus meurtrière qu'elle est impalpable. On ne peut pas l'étrangler. Elle glisse entre les doigts comme la muqueuse immonde autour de l'anguille morte. Elle sent. Elle pue. Elle souille. C'est la rumeur.

(Pierre Desproges)

Avant-propos

Je suis la fille de Sarah. Durant des années, mon père m'a toujours dit qu'elle était morte suite à un cancer du sein. Le fait d'avoir perdu ma mère pour cause de maladie et d'avoir été orpheline très tôt est resté dans ma mémoire comme un fait presque naturel. Au cours de ma vie de femme, quand j'allais passer une mammographie, on me demandait si j'avais des antécédents familiaux. Je répondais que ma mère était morte d'un cancer du sein.

Un jour, bien des années plus tard, lors d'un examen radiographique, je me suis confiée au médecin qui m'auscultait en lui expliquant que ma mère était morte de cette maladie. Je lui ai raconté mes souvenirs d'enfant, que je me rappelais avoir vu ma mère toute recroquevillée sur elle-même. Tout le côté gauche de son corps, de la tête aux jambes, avait des plaies ouvertes et sa peau avait des couleurs allant du noir au bleu en passant par le rouge. Le médecin m'a dit : « non, elle n'est pas morte de cette maladie, soit elle a été battue à mort, soit elle a fait une chute mortelle ».

Les années se succédèrent pour moi, je gardais en mémoire cet échange avec le médecin ainsi que la vision de ma mère couverte de sang et de ses vêtements en lambeaux. Ces visions obsessionnelles m'ont hantée à longueur de temps. J'avais bien posé des questions ici ou là, j'ai eu quelques réponses vagues, apparemment il y avait un secret au sein de la famille et il était bien gardé. Mon père était très violent. Adolescente, j'ai subi à mon tour sa violence. Pour mon cas, la justice a été là pour me protéger en me retirant de sa garde et j'ai grandi dans un foyer de l'enfance.

Il y a une dizaine d'années, j'ai pris conscience de l'histoire de ma mère en parlant avec des amis. Je leur ai révélé ce dont je me souvenais, et eux aussi suggérèrent qu'elle avait été battue à mort. Petit à petit, tous mes souvenirs ressurgirent en se mettant les uns à côté des autres pour former ce puzzle pour lequel, pendant des décennies, j'avais vainement cherché les pièces manquantes. Ce récit a été écrit pour exorciser le martyre de ma mère, et par la même, atténuer mon chagrin. En lui rendant cet hommage posthume, j'en ai fait la narratrice principale.

Ironie du sort et de l'histoire ! Quand mon père est décédé en 1975, j'avais vingt-six ans. C'était l'âge qu'avait ma mère quand elle a perdu la vie. Les membres importants de la famille décidèrent d'enterrer mon père auprès de ma mère. Je fus la seule à m'y opposer.

Kédy Delullier

1

Ma chère fille, nous avons passé peu de temps ensemble. Je n'ai pas eu le bonheur de te voir grandir car j'ai subi la loi diabolique de la rumeur pour laquelle j'ai payé le prix fort. Ma vie a été écourtée, assassinée, réduite à néant.

Pendant de nombreuses années, j'avais la certitude que tu avais longtemps cherché à comprendre pourquoi j'étais morte si jeune. Aujourd'hui tu le confirmes par l'intérêt que tu me portes. Je sais que tu as insisté pendant des années auprès de ton père, en lui demandant de t'expliquer la cause de mon décès. Je pense que tu as eu droit à des réponses très laconiques à ta question : « Dis-moi père, comment et dans quelles circonstances ma mère est-elle décédée ? »

J'imagine et je devine les réponses qu'il a pu très bien te faire. Je le vois bien, affublé d'un masque de charlatan, et sur un ton très affecté, t'expliquer en larmoyant que j'avais été emportée par un cancer du sein. Poussant le cynisme jusqu'à te dire dans un énième mensonge que j'avais souffert, que j'avais vécu une longue agonie et de ce fait, la délivrance tardait à me prendre dans ses bras. Voilà ce qu'il a pu te dire pour ne pas provoquer d'autres questions et pour éviter de te dévoiler la vérité et t'expliquer pourquoi et comment j'ai perdu la vie un soir d'été.

Je me souviens de toi ma fille, sur une série d'enchaînement de coups de ceinturon et de coups de bâton portés par ton père sur mon pauvre corps déjà bien blessé. J'ai recouvré quelques secondes de répit octroyées par mon tourmenteur. Ce n'était pas de la générosité de sa part, bien au contraire. Cela permettait à ce brave homme de souffler un peu, d'être plus précis sur les coups à donner, de se tenir suffisamment à bonne distance et de maintenir la cadence.

Je t'aperçois, traversant la grande cour et te dirigeant vers l'enclos où j'étais enfermée. On aurait dit que tu fuyais un nid de frelons. Tu avais apparemment réussi à t'échapper de la garde de quelques cerbères qui l'étaient momentanément, bien malgré eux. Pendant que le père bat sa femme, il faut protéger les enfants en les empêchant de voir ce film d'horreur. Ils sont tranquilles avec leur conscience, leur morale est sauve. Je t'ai observée quelques instants, courant vers moi, en m'appelant et en criant « Maman ! ». Mon tortionnaire aura juste eu le temps de t'arracher à ma vue.

Tu as cependant pris le temps d'imprimer dans ta mémoire d'enfant l'image de cette mère battue comme plâtre et qui était sur le point de frôler les limites de l'agonie. Dans un autre coin de ta mémoire, il y a aussi l'image de ce père brutal, armé d'une violence inouïe, qui frappe à coups redoublés de toutes ses forces, épaulé et soutenu par une jalousie qui suinte la haine, celle qui lui avait fait traverser la frontière de la paranoïa.

2

Aujourd'hui je vais te raconter mon histoire avant que tu ne retournes feuilleter à nouveau le livre de tes souvenirs.

Je suis l'ainée d'une fratrie de trois enfants, comme toi qui est l'aînée de mes enfants. Ma sœur s'appelle Hannah et mon frère Benjamin. Ben, c'était le chouchou de tes grands-parents ! Oui, tu penses bien, le seul garçon du couple ! Ceci pour te dire qu'au sein de n'importe quelle famille, l'importance de la naissance d'un garçon est synonyme de transmission du nom à partir de sa lignée, et tant qu'à faire, sur plusieurs générations. C'est une notion bien enracinée dans l'esprit méditerranéen. C'est l'aîné des garçons qui aura à gérer plus tard l'entreprise familiale, il sera le porte-parole de ce nom ancestral et sera très fier de le faire respecter ! Je peux te dire que nous n'avions jamais subi d'inégalité de la part de nos parents, nous n'avions jamais eu à nous plaindre ma sœur et moi d'une quelconque différence avec notre frère. Nous étions leurs enfants sur un même pied d'égalité, l'éthique familiale était respectée, pas de doute à ce sujet ! Il n'a jamais été question de pratiquer chez nous une quelconque préférence, aucune confusion au sein de notre foyer familial. Pas plus de favoritisme qu'il soit maternel ou paternel, n'était visible. Et aucun privilège à l'égard de l'un ou l'autre, nous étions tous les trois sur le même piédestal.

Aussi loin que portent mes souvenirs, notre enfance s'est passée entourée d'affection, de douceur, en toute sérénité, dans un cocon familial harmonieux et sans heurts.

Quant à notre éducation, entre la tolérance et le respect des valeurs, elle nous a été dispensée sans aucune forme de complaisance, inculquée rigoureusement sur le principe du « au pied de la lettre ». Nous étions des enfants aimés, très choyés, contrairement à d'autres.

Notre famille était estimée, très appréciée, voire parfois crainte, mais avec respect. Nous avions un grand domaine viticole et nous étions donc pourvoyeurs d'emplois. La famille de ton père était cependant plus importante que la nôtre, avec son immense exploitation maraîchère, ses arbres fruitiers, et les étendues de vignes à perte de vue, elle tenait à paraître et surtout à le faire savoir. Du côté de ma mère, nous avions un élevage de chevaux de race. Parmi eux, il y avait mon préféré. Tu te souviens de lui ? Il répondait au doux nom d'Espérance.

Te rappelles-tu aussi de mon lévrier ? Mais non, pas afghan, mais un sloughi ! Une race qui apparemment est aujourd'hui en voie de disparition. Mon chien avait un port hautain, noble, avec un pelage de couleur sable clair, presque pur, juste quelques petites taches noires sur le museau et au cou. Je lui avais mis un collier de couleur noire. Il avait une apparence très distinguée, une silhouette élancée. Il était frêle, très délicat et gracile, ce sont quelques caractéristiques de la race de ce chien. Je l'avais nommé Hotep, il me suivait vraiment partout. Lui et moi nous ne faisions qu'un. A cette beauté, il ne manquait que la parole. Après mon départ de ce monde, il te suivait, me cherchant et croyant me retrouver auprès de toi. Il t'avait suivi longtemps et partout, tu entendais ses petits cris en guise de pleurs mais comme tu étais encore trop jeune, tu ne pouvais le comprendre et t'en occuper.

Avec le recul, je pense que tu as dû t'apercevoir de son absence. Je sais qu'à un moment donné tu ne l'as plus revu. Je ne veux ni te faire de peine, ni te voir verser de larmes en te disant qu'un jour, il est venu se coucher sur ma tombe et s'est laissé mourir de chagrin. La fidélité des animaux proches de l'homme n'a pas son équivalent dans le genre humain.

J'étais bien plus audacieuse que ma sœur. Notre frère, quant à lui a été élevé comme un coq en pâte. Il a mené une existence confortable, très douillette, participant à toutes les plus belles fêtes et soirées mondaines. Il a bien profité de sa jeunesse. Notre adolescence se passa sous les meilleurs auspices. C'était les années quarante, dans une région aux pieds des Aurès, vaste territoire montagneux dans l'est de l'Algérie où il faisait bon vivre du partage, de l'entente et de l'amitié entre communautés. Quelles que soient les religions, qu'elles soient claniques ou communautaires, une vie des plus paisibles s'y déroulait. Entre les jeux créés dans la cour de l'école, plus tard au lycée et les sorties entre amis, nous n'avions pas de temps pour l'ennui. Sans oublier les entraînements des chevaux en vue des parades et les concours de dressage qui nous occupaient également. J'aimais plus que tout, les longues balades à cheval avec mes amis. Elles étaient incontournables. Elles font partie intégrante de mes plus beaux souvenirs. Pendant les vacances scolaires nous partions souvent toute une journée, voire plusieurs jours et bien sûr, toujours accompagnée de mon chien.

Quittant l'adolescence je commençais à goûter à mes premières émotions cherchant la main de l'autre, la trouvant et entrelaçant mes doigts aux siens. Les premiers petits baisers déposés sur la joue devenaient osés, souvent encouragés, et finissaient sur la commissure des lèvres. Ces sensations nouvelles étaient pour moi étonnamment troublantes, comme ces frissons qui parcouraient mon corps. Quelles émotions ! C'était la magie des premiers sentiments d'une jeune fille qui venait de rencontrer son premier amour.

Celui qui s'était permis, qui s'était approprié mes joues pour déposer ces petits baisers sur le coin de mes lèvres s'appelait Simon. Il était le deuxième d'une fratrie de quatre garçons. Grand, assez charpenté pour son âge, très beau garçon et excessivement charmeur, il était posé, très doué et étonnamment clairvoyant pour son âge, démêlant des situations quelques fois inextricables. Mais ça, je ne l'apprendrai et ne le vivrai que plus tard au cours de notre union. Sa famille habitait à proximité de la nôtre. Puisque nous étions voisins de quartier, le rapprochement familial se ferait dès le mariage.

Nos communautés sont Berbères mais de confessions religieuses différentes, elles s'entendaient bien, malgré quelques anicroches sans grande importance. Je vais aussi te parler des temps forts de nos deux familles, de l'harmonie, du partage et de la cohésion sociale. Cela me tient particulièrement à cœur et ça concerne les femmes en particulier. Elles avaient du tempérament et un raisonnement sans faille, elles étaient femmes-mères-régentes-régnantes sur la communauté, une vraie troupe de lionnes ! A leurs têtes les grands-mères qui apaisaient, câlinaient, grondaient ou réconfortaient leurs sœurs, filles, petites-filles ou les futures jeunes mères.

Voici un exemple qui s'inscrit dans les lois ancestrales, transmis de génération en génération entre nos communautés. Un des plus beaux et nobles comportements de femme, un geste affectueux on ne peut plus maternel était d'allaiter les bébés des unes et des autres pour se prouver mutuellement que l'enfant de l'une était l'enfant de l'autre. C'était une façon de dire : « tu vois, j'ai donné le sein à ton enfant, et à partir de cet instant, tu peux compter sur moi comme s'il était le mien ». C'était tout un symbole où nous devenions par cette pratique d'échange maternel les enfants de toutes les femmes. Nous grandissions en leur sein et au sein de ce groupe de lionnes qui veillaient sur nous. Combien de fois ai-je entendu une voisine me dire : « alors ma fille comment vas-tu ? » ou, « est ce que ta maman qui est ma sœur de lait va mieux ? »

C'étaient elles les vraies gardiennes de ces traditions. Cette attitude maternelle est si ancienne qu'on n'en connaît pas l'origine. C'est encore elles qui, en signe d'apaisement, réglaient les quelques conflits, parfois saugrenus, mais toujours avec une pointe d'humour. Nos coutumes et quelques cérémonies religieuses étaient respectées et partagées de part et d'autre. La religion au sens propre n'avait pas de place dans l'environnement commun. Elle était imperceptible, voire inexistante aux yeux de l'autre communauté, hors des murs de chaque maison. Pour certaines célébrations, nous partagions des repas de fêtes, nous échangions avec les familles des alentours. Chacune confectionnait plusieurs plats et enrichissait la table commune, sans oublier les fameuses pâtisseries orientales. C'étaient des journées pour créer et fortifier les liens et en faire un symbole du partage. Chaque année, un méchoui géant était organisé en commun. Plusieurs bêtes étaient bénies et sacrifiées selon les rituels de chaque religion.

L'opinion de la famille de Simon était que plus une famille est grande et socialement bien établie, mieux elle est respectée. Je trouvais cela quelque peu prétentieux, un peu ampoulé. Bien sûr, la famille de ton père était bien connue, très bien considérée, et de ce fait souvent sollicitée. Les demandes des villageois ne manquaient pas, les appels à l'aide étaient parfois exagérés, voire disproportionnés. Ces derniers les imploraient souvent d'obtenir pour eux le règlement d'un litige administratif ou en dernier recours de leur servir d'usurier. En guise de remerciements, les salamalecs versés à la tonne étaient monnaie courante, sans oublier les « cirages de pompes » et autres génuflexions d'esclaves au grand maître qui existent et perdurent depuis la nuit des temps. Hélas !

3

Mon idylle avec Simon commençait à s'ébruiter. Sans savoir comment, le bouche à oreille s'était mis en route pour propager la bonne nouvelle ! Les hypothèses les plus farfelues, et non des moindres, se firent jour. Elles circulèrent d'une famille à une autre, de quartier en quartier, de ville en ville et jusqu'à la capitale. Des prévisions sur une future union de ces deux jeunes gens étaient sur toutes les lèvres. Nous deux mariés, avec l'assentiment de tout le voisinage, était validé à l'avance dans tous les esprits. On nous avait symboliquement unis avant l'âge. En avant-première et dès l'annonce de cette future union, dans ces moments de joie, des enchères fictives montaient pour les offrandes et les participations des uns et des autres. J'avais déjà à mon actif un énième trousseau, une maison, une voiture, un haras personnel et j'étais habillée de la tête aux pieds pour mille ans, sinon pour l'éternité.

Aux yeux de nos deux familles, le couple d'adolescents que je formais avec Simon était porteur de promesses pour un long terme. Leur objectif ultime était de se servir de notre future union pour faire fructifier leur belle entente et agrandir leur clan d'un coup de baguette magique donné par la fée « sentiments et profits », cela permettant aussi de signer facticement la paix pour les quelques malentendus existants ou ayant existé entre les deux familles. L'image du couple balbutiant que je formais avec Simon venait effacer tous les petits différents notés sur l'ardoise de leur relation. Nos familiers et notre entourage commencèrent par se saluer avec effusion et sans retenue. Le bavardage était continu, les qu'en dira-t-on et les appréciations sur le futur couple étaient tirées au cordeau et triées sur le volet. Dame ! C'était le sujet du moment, et de la plus haute importance, cela allait persister jusqu'aux fiançailles pour reprendre de plus belle jusqu'au mariage. Certains membres grincheux de la famille qui ne voyaient pas l'union d'un bon œil étaient invités à tourner le dos et à aller voir ailleurs. Et comme si c'étaient de nouveaux voisins qui venaient d'acquérir la maison de leur rêve, les commentaires qui suivirent l'annonce étaient si bienveillants et délicats, exprimés avec tant de gentillesse, que nous avons laissé couler une larme.

Malgré toute cette bonne humeur évidente, les parents de Simon faisaient ressentir aux miens le niveau de leur standing, de leur position sociale, familiale et clanique. J'en ai moralement bien souffert. Quelle famille prétentieuse ! Je t'accorde qu'ils avaient une assise. Solidement bien ancrés depuis des décennies, c'étaient en quelques mots les bourgeois du coin, les plus nantis, les plus instruits et les plus riches. C'était la famille tribale à laquelle on devait se référer avant toute initiative personnelle.

Dans les relations entre nos deux familles, un antagonisme latent s'était installé entre les deux maisons pour la prise du droit tribal. Qui avait le pouvoir de décision ? Qui réglait les conflits ? Qui étaient les médiateurs ? Qui voulait se mesurer à nous ? Nous ne voulions nullement les égaler, tout au plus les seconder, sans animosité aucune, bien au contraire. Mais notre approche n'était apparemment pas la bienvenue, car le piédestal n'était que pour un seul clan. La famille de Simon y était installée socialement et par réputation depuis des décennies, nous n'avions aucun doute à ce sujet.

Simon, malgré son jeune âge, était le plus impliqué dans l'entreprise familiale, contribuant naturellement aux affaires, passionné et volontaire. Très au fait de la productivité, son intuition, et son sens méticuleux, voire maniaque, le servaient à bon escient. Ces qualités lui seront profitables par la suite car il saura utiliser ses talents de visionnaire. Ardent défenseur dans la manière de faire évoluer une nouvelle agronomie, sa passion et sa ténacité dans les études ont été récompensées par l'obtention du diplôme d'agronome-enseignant. Plus tard, son bagage universitaire en poche, il partit par monts et par vaux pour mettre en œuvre son savoir-faire, facilitant la vie et la tâche de beaucoup de familles. Sa toute nouvelle réputation le précédait souvent, il était accueilli comme le messie dans différentes propriétés de la région qui était très fertile. Il a toujours su conjuguer sa passion avec son savoir, favorisé par une bonne terre. Les sources d'eau intarissables descendant des hauts plateaux souvent enneigés étaient ses alliées.

Avec mes parents, j'avais établi oralement un contrat factice « tacitement reconductible », m'engageant à ne pas déshonorer la famille, ce qui me permettait d'aller rejoindre Simon, une journée, une fin de semaine ou une partie de mes vacances. Notre liaison avait dépassé le stade du balbutiement et tout le monde était au courant dans cette ville où tout se transmettait par de simples chuchotements. Souviens-toi de ce que je te disais, tout se sait dans nos contrées, le bouche à oreille était notre presse quotidienne, Comme on nous avait déjà unis à l'adolescence, nous étions épiés à longueur de temps. L'alliance de ces deux jeunes gens pour l'instant fictive, mais qui avait à portée de main toutes les promesses d'un bel avenir, cimentait l'union de ces deux familles puissantes et honorablement connues. Plus que tout, elles allaient parfaire dans la discrétion l'éducation et l'accompagnement de notre couple jusqu'au mariage. Pour tous ceux qui connaissaient les deux clans, cela ne pouvait se conjuguer autrement. Le couple que je formais avec Simon suscita bien des jalousies, fit des envieux et créa des regrets.

En ce temps là, et de tous temps d'ailleurs, surtout du côté de la Méditerranée, les alliances des familles ne se faisaient qu'en se promettant les enfants en mariage dès leur plus tendre enfance, parfois encore dans le ventre de leurs mères. Cette simulation d'unions d'enfants n'était autre qu'une coalition entre les familles, avides d'alliances sociales et pécuniaires afin de devenir prospère, être pris en considération ou pour agrandir le clan, mais jamais pour le bonheur des jeunes gens. De ce fait, nos deux familles venaient, avec cet accord verbal, d'unir leurs enfants, mais surtout pour leurs profits.

4

Bon an, mal an, fait de plaisirs, de découvertes, d'assiduité aux études et de travail saisonnier, nous étions l'un comme l'autre surveillés de très près par nos familles, sans oublier les voisins qui avaient les yeux et les oreilles un peu partout. Nous avions emprunté ce chemin bien défini en respectant son tracé en toute quiétude.

J'ai voulu suivre les mêmes études que Simon pour être près de lui et fréquenter les mêmes lieux. Mais voilà que la vie est venu me rappeler à l'ordre et m’a fait comprendre que j'avais rêvé un peu trop vite. Cet intermède dans ma vie, dû à une grave chute, est venu interrompre ma joie de vivre, d'étudier, surtout de vivre tout simplement.

Un jour de printemps, avec Simon, nous partîmes à cheval faire une longue randonnée. Un bivouac était prévu, nous étions alors attendus par toute une bande d'amis et aucun souci ne ternissait notre chevauchée. Nous prîmes tout notre temps pour le bonheur d'être ensemble, entre courses de chevaux et petites pauses rien que pour nous deux. Comme compagnon, nous avions le firmament qui veillait sur nous. Nous étions seuls au monde ne rencontrant âme qui vive à part quelques gerboises montées sur ressort, faisant des triples sauts et une famille de fennecs, uniquement accompagnés par l'écho de nos rires qui faisait des ricochets dans ce labyrinthe montagneux.

Nous avions malheureusement oublié que le temps s'égrenait trop vite et nous avions pris du retard. Déjà confus vis à vis de nos amis qui devaient commencer à s'inquiéter, nous décidâmes de les rejoindre rapidement. L'un d'entre eux était venu à notre rencontre. Nous nous sommes retrouvés au bout d'un temps qui lui avait paru interminable. Pour récupérer ce temps perdu, nous partîmes au galop. Je ne tardai pas à apprendre à mes dépens que les heures perdues ne se rattrapent jamais.

Dans nos têtes, le trio que nous formions avec Simon et notre ami s'apparentait à la chevauchée fantastique, avec une totale confiance dans nos capacités. Mettant nos montures au galop, nous étions persuadés de gagner du temps, jusqu'au moment où mon cheval se cabra de toute sa hauteur, avec un hennissement assourdissant. Ses pattes avant nagèrent dans le vide et je me cramponnai à sa crinière comme je pouvais. Après quelques secondes interminables, je me retrouvai à terre sans comprendre comment et mal en point.

Mes deux compagnons me prodiguèrent les premiers soins. Je pris peur en les entendant murmurer des estimations sur la gravité de mon état qui, d'après eux, nécessitait des soins urgents, mais surtout la présence d'un médecin.

Les secours tardèrent à venir, à l'époque il n'y avait aucun moyen de communication. De plus, les habitations étaient très éloignées les unes des autres. Tu vois, je crois que nous avons appris ce jour là, surtout moi, que se précipiter pour rattraper le temps perdu n'était pas la meilleure solution. L'angoisse d'être gravement blessée et la chaleur d'un printemps exceptionnellement chaud n'avait fait qu'ajouter plus d'inquiétude sur mon état. Quand les secours arrivèrent enfin, ils ne firent pas de pronostics au vu de mes blessures. Quelques suppositions chuchotées entre les secouristes présents me permirent de prendre connaissance du diagnostic : fracture du bassin ! Tout vint alors s'entrechoquer dans ma tête : mes études arrêtées, mes fiançailles et mon mariage avec Simon reportés et par-dessus tout, les non moins négligeables soucis causés à mes parents. Je n'avais plus qu'à être patiente. Comment faire autrement ?

Tout fut mis en œuvre pour arriver rapidement à l'hôpital où j'eus l'impression d'être entrée dans une ruche. Tant de brouhaha autour de moi, tant d'affolement concentré sur mon cas, tant d'inquiétudes de la part de l'équipe médicale au constat de mes blessures, autant de soins et de précautions m'éclairèrent sur la manière dont j'étais traitée. J'étais bien la fille de l'honorable et bienfaitrice famille. Tout le monde était aux petits soins pour moi et je pensais que c'était injuste envers tous ceux qui n'étaient pas bien nés.

Après les premiers soins d'usage et les manipulations en tous genres du personnel soignant, une peur panique s'empara de moi. Tu sais que je m'affole facilement et j'étais bien loin d'être rassurée en voyant toutes ces blouses blanches autour de moi. J'avais oublié que j'avais une fracture du bassin ! Après quelques heures qui dans ma petite tête ont duré une éternité, mon anxiété et les incertitudes sur mon sort ont été effacées de mon esprit par l'efficacité de l'équipe médicale à mon chevet. Me voici, dans les premiers temps, superbement habillée d'un corset chic et du dernier cri. Il s'adaptait parfaitement à ma taille mannequin, mais c'était juste pour me tranquilliser. Les pourparlers allaient bon train entre spécialistes, j'entendais des avis différents, des préconisations contradictoires, ce qui m'inquiétait le plus tu t'en doutes bien. La mise en traction semblait retenue, je m'imaginais harnachée et entravée par ce système moyenâgeux. Il consistait à poser des poids tenus par des câbles d'acier, en ayant au préalable percé la jambe sous le genou pour les passer, soit disant pour soulager le bassin, étant donné qu'un bassin ne peut être plâtré. Comme si je n'en avais pas assez de ma fracture !

Après quelques jours, leur décision fut prise avec peu de conséquences pour moi. Ils me rassurèrent en vantant le seyant du corset qui m'allait si bien. Ma jeunesse et ma bonne constitution osseuse était des atouts mais mon bassin était quand même réduit en pièces ! Rassurée et du coup moins traumatisée, je devais rester à l'hôpital pour au moins deux mois. Ensuite viendrait une longue rééducation de six mois.

Je prononce souvent le mot « temps » parce que c'est lui qui a nui à ma condition physique. C'était pour rattraper du temps que je partis au galop pour rejoindre nos amis et que je me retrouvai toute cabossée, posée et sanglée sur ce lit d'hôpital, à ne pouvoir bouger d'un centimètre. J'allais le rayer de mon vocabulaire, pour des années, voire pour l'éternité, comme ça je ne le verrais plus passer ce maudit temps !

C'est à cause de cet accident que je me suis retrouvée à reporter mes études et toutes mes activités sportives. C'est aussi pour cela que je me suis dirigée vers des études paramédicales. J'allais me retrouver loin de Simon. Me rendais-je compte de ce qui allait m'arriver ? Pas vraiment, ou alors si peu.

Je me sortis aussi bien que possible de ce dramatique accident. J'étais en vie, c'était le principal. Que demander de plus ? Ce n'était pas la fin du monde pour qui que ce soit, encore moins pour moi, alors, j'ai laissé la vie continuer son chemin et, à n'en pas douter, il y avait bien plus malheureux que moi.

Simon et moi étions toujours aussi proches l'un de l'autre, malgré les quelques divergences habituelles sur la vie de notre futur couple que nous nous étions promis de construire sur des bases saines. Nous vivions très bien de façon autonome grâce à l'aide financière fournie par nos parents. Une chance inouïe qui nous a permis d'être à l'aise et de mener nos études à leur terme.

5

Les préparatifs des fiançailles et leurs réjouissances associées approchèrent à grand pas. Elles furent organisées par mes parents pour recevoir en bonne et due forme la famille demanderesse. Les nombreux mets avaient été choisis avec précision et mitonnés avec patience pour ce repas pantagruélique. Les festivités se déroulèrent par une belle et chaude journée de juin, le vingt-neuf exactement. L'émotion était à son comble. Nos parents et nos amis étaient aux petits soins avec nos invités, les accueillant en leur servant le verre de l'amitié, tout en leur souhaitant la bienvenue. Nos proches et nous-mêmes nous promettions une journée exceptionnelle. Simon et moi, nous nous amusions dans un endroit discret de la grande bâtisse, hors des regards de nos invités. Nous étions ravis de voir arriver nos amis et une partie de la parenté qui cherchait du regard les heureux élus, à peine le grand porche franchi.

Nous ne les fîmes pas attendre plus longtemps en les rejoignant pour leur plus grande joie. Commença alors le rituel incessant des embrassades, des félicitations chaleureuses, des vœux et des cadeaux pour les futurs fiancés. Des corbeilles dans lesquelles fleurissaient des dons en numéraire où la fierté de certains donateurs ne faisait absolument pas pâlir celles des autres. Ce geste accompagnait tout simplement le souhait de tous d'aider le futur couple à mettre le pied à l'étrier.

En ce beau jour d'été, nous nous sentions portés, emportés, submergés par cette marée amicale et chaleureuse. Ma mère, avec un sens inné et une sensibilité sans égal pour recevoir, nous avait organisé et concocté un repas digne des plus fins gourmets. Elle avait fait appel à une brigade de cuisiniers et une armée de serveurs, tout en respectant les us et coutumes culinaires des deux communautés. Simon et moi, nous étions restés sans voix, béats d'admiration, tant pour l'organisation et la réalisation que pour le décorum qui passait pour être le summum aux yeux des connaisseurs. Toute cette féerie me fit penser que l'inimaginable était à venir que ce soit tant pour les agapes que pour les festivités pour notre mariage. En attendant, nous allions apprécier et vivre ce jour présent, si différent des autres.

Sous un cèdre majestueux et sans doute centenaire, mon père nous avait installé une estrade sur laquelle deux fauteuils en velours de style Voltaire nous attendaient. Sur un grand panneau, très touchant dans la naïveté de sa décoration, il avait écrit de sa belle écriture : « Ceci est le trône de la princesse Sarah et du prince Simon ». Devant l'assemblée, mon père, très ému, déclama de sa voix toute cérémonieuse, que les deux familles étaient heureuses de recevoir leurs invités pour officialiser les fiançailles de leurs enfants. Nous n'avions pas tardé à le rejoindre sur l'estrade pour l'embrasser et le remercier de ce petit clin d'œil fort sympathique à notre égard. Avec la plus tendre des connivences, Simon et moi avions, à tour de rôle, lu nos discours qui firent leurs petits effets. Nous rejoignîmes ensuite avec empressement tous nos invités.

Que la fête commence !

En ce beau jour, si exceptionnel, nous étions les plus heureux sur terre. Nous passions d'un convive à l'autre pour leur souhaiter la bienvenue, dispensant et répartissant nos sourires et nos remerciements sans retenue. Des mots chaleureux s'échangeaient ici et là, nous étions enchantés et agréablement surpris par la présence de si nombreuses personnes et des retrouvailles avec nos amis que les études et le travail avaient éloignés de nous.

Je voyais au loin Simon en pourparlers avec ses parents, d'un air mal assuré, le panama de travers, la cravate desserrée, les mains dans les poches. J'eus à ce moment-là une vision qui soudainement s'incrusta jusqu'au fond de mes pensées. Que ma vie et mon avenir allaient dépendre d'eux, que j'allais leur appartenir comme du bétail ou comme un objet de valeur qu'ils étaient sur le point de s'offrir. J'allais faire partie intégrante de cette famille si souvent décriée et être certainement reléguée en arrière-plan, comme toutes les pièces rapportées du clan. Ma vie était entre leurs mains, du moins entre les mains de l'une des personnes présentes. Cela me perturba et une vive angoisse me coupa le souffle. Etait-ce un sentiment prémonitoire ? Je ne saurais te l'expliquer aujourd'hui. Toujours est-il que mes sombres pensées n'ont duré qu'un moment. Pour les chasser de ma tête, je m'offris un retour en arrière sur ma vie qui me paraissait douce, goûteuse à souhait, délicieusement tendre et même un peu acidulée. Sans modération, j'avais croqué à pleines dents ces passages abondants et prometteurs de ma jeunesse, ignorant à ce moment là que ma vie de mère allait être brisée quelques années plus tard. Je ne regrette rien, bien au contraire, heureuse d'avoir vécu cette fusion inouïe entre lui et moi, heureuse d'avoir eu une part de bonheur, d'avoir été aimée et d'avoir aimé l'homme qui a fait de moi une femme à part entière. Sache que ta mère fut comblée par ces moments de partage, je peux te dire qu'ils furent les plus beaux de ma vie de femme. Je les ai emportés avec précaution pour l'éternité.

Le conciliabule entre Simon et ses parents s'éternisait et j'attendais avec impatience qu'il se terminât. Ils s'éloignèrent les uns des autres, ma future belle-maman rejoignit ma mère aux fourneaux. Avec une certaine bonhomie, une attitude nonchalante et un grand sourire aux lèvres, Simon et son père me rejoignirent. Ils m'abordèrent et me prirent un instant en aparté pour définir ensemble le discours que mon futur beau-père allait formuler. Pour en rajouter à son bonheur, il imita une démarche et des mimiques de clown. Le voici maintenant devant une assemblée qui s'était réunie aussi vite qu'une flamme sur une trainée de poudre. Fier comme Artaban, droit comme un i, majestueux, superbe, royal en quelque sorte puisque nous étions le prince et la princesse. Pour ceux qui le connaissaient bien, c'était un vrai pince-sans-rire, un personnage désopilant. Voilà l'image que me renvoyait ce père, tant aimé par son fils Simon et ses frères. Il déclama son intervention sur un ton caricatural, ses pitreries, ses mimiques, accompagnées de sa bonne humeur et de son humour légendaire, eurent pour effet d'épater la galerie. Fin du discours, applaudissements, félicitations renouvelées aux fiancés, cela n'en finissait pas !

Sur ces entrefaites arriva mon frère Ben. Je ne pensais plus du tout à lui, je l'avais complètement oublié, je le pensais affairé aux cuisines, avec les sommeliers ou à l'intendance. Il est vrai que la réussite d'un jour de cérémonie comme celui-ci incombait à la famille. On voyait très peu les proches car ils consacraient leur temps aux invités. Pour tout te dire, je n'avais même pas encore vu ma mère ! Je partis à sa recherche. La connaissant, je la devinais quelque part en arrière-plan régentant ses armées et tenant son rôle d'hôtesse à la perfection, en phase avec sa fierté de mère et respectant le cérémonial protocolaire tout en préservant son statut de digne douairière d'antan. Puis un vrombissement de moteur s'amplifia. Nous scrutâmes les alentours, attendant l'arrivée d'un véhicule. Nous vîmes une belle automobile décapotable et rutilante à souhait s'approcher de nous, caparaçonnée de chromes qui absorbaient et reflétaient les rayons du soleil comme un miroir. Quelle ne fut pas ma surprise et ma joie en voyant ma sœur Hannah au volant de la belle ! Mon frère, avec son air malicieux, nous détailla et nous vanta la merveilleuse auto, à faire pâlir de désir un conseiller financier qui se l'achèterait les yeux fermés, tout en se garantissant une plus-value astronomique. Ben s'approcha de moi, me prit dans ses bras et me déclara avec son air enjoué et espiègle, mêlé d'une petite pointe d'ironie, que c'était son cadeau pour mes fiançailles et mon futur moyen de locomotion. J'avais deviné son allusion à mon amour pour les chevaux et à mon accident. Il avait l'air de me dire de faire confiance à ces chevaux d'acier, présents en nombre sous le capot de la belle, plutôt qu'à un seul, en chair et en os, qui avait bien failli me tuer.

J'étais très heureuse, tout se passait merveilleusement bien, même si ces fiançailles s'éternisaient. Nos parents voulaient indéniablement faire savoir à toute la région qu'ils unissaient les deux familles les plus puissantes. Leur fierté était à son comble et le déroulement de ces festivités dépassait leurs souhaits.

Le lendemain, après une grasse matinée, je vis les traces de la soirée dans les yeux de quelques invités, les plus fêtards d'entre eux assurément. Vers midi, un grand repas attendait nos convives restés sur place car ils étaient nombreux venus de loin. Après ce copieux déjeuner servi par ma mère, certains d'entre eux se préparèrent à partir, avec en ligne de mire notre union officielle, c'est à dire notre mariage. Une fois nos invités partis, nous retroussâmes nos manches avec une humeur bon enfant pour ranger la grande bâtisse, en nous remémorant les festivités de la veille.

Voilà ma fille, les souvenirs qui me restent de mes fiançailles. Elles furent réussies et firent la fierté de mes parents.

6

Les cours à la faculté ne reprirent qu'un mois plus tard et j'eus un peu de temps libre devant moi. A la propriété, j'apportai à mes parents une aide désintéressée que je leur accordai avec plaisir. Entre le haras, l'école de dressage et les soins des chevaux, j'eus beaucoup à faire. Je me sentais utile en cette période de congés annuels où certains employés étaient absents.

A une cinquantaine de kilomètres de là, Simon faisait ses premiers pas dans la vie active en travaillant pendant les vacances. Il nous avait trouvé un joli et spacieux appartement que nous avions meublé à notre goût. J'allais m'y réfugier en fin de semaine. Je partais tôt le matin, le vendredi de préférence, car j'avais de la route à faire et la conduite en montagne n'était pas mon fort. Je m'y serais même rendue à pieds à la seule pensée que Simon m'y rejoindrait. Avec nos amis, nous passions des soirées mémorables, heureux d'être tous ensemble. Je ne voyais pas le temps passer entre les dîners en ville et les invitations chez les uns et les autres.

L'insouciance nous était coutumière dans cette période de ma vie, nous étions la jeunesse dorée comme l'on dit, avec nos parents contribuant largement à nos besoins matériels. Notre mentalité méditerranéenne y participait pour beaucoup, nous n'avions pas vécu le côté sombre de la guerre et de ses privations. Cela ne m'empêchait pas de m'intéresser aux autres, d'avoir un regard sur la situation des pauvres, des mal logés et des mendiants. J'avais fait une demande pour entrer à l'hôpital comme aide-soignante où les blessés dans leur chair et dans leur cœur étaient nombreux, rescapés de la seconde guerre mondiale. J'apportais un peu de réconfort, un peu de soin, souriant avec les uns, dissertant avec les autres. Des réunions par groupe de dix personnes étaient organisées pour leur permettre d'évacuer ce trop-plein de souffrance et mettre un peu de baume sur leurs blessures intérieures. La guerre venait de se terminer en Europe. Le monstre venait enfin d'être terrassé et il nous restait de nombreuses plaies à panser pendant des décennies. Ici, nous n'en avions vécu que quelques soubresauts. Plus tard, nous apprîmes qu'il y avait des camps au sud du pays, non pas installés par l'ennemi, mais par notre propre pays et qu'il n'y faisait pas bon vivre.

Nous attendions avec anxiété le retour de France de nos soldats et de nos prisonniers de guerre pour la mi-octobre. Les interrogations étaient nombreuses : qui allait revenir et dans quel état ? Peut-être certains en lambeaux, mais nous espérions très fort qu'ils nous reviennent, qu'ils retrouvent leurs proches, leurs enfants, leurs amis et la terre sur laquelle ils étaient nés. Notre famille était aussi concernée par ce funeste sort puisque nous attendions le retour de cinq hommes. Nous étions tous prévenus par simple lettre ou par voie militaire de leur retour au pays. Pour certains, dignement drapés dans leur statut social, c'était le préfet en personne qui s'en chargeait. On ne changera pas le monde pour cet écart dû à leur honorabilité. Les baisemains et autres simagrées n'étaient réservés qu'à une catégorie de gens bien nés. Je trouvais ce procédé absurde, inqualifiable et injuste, comme si une vie n'en valait pas une autre.

L'arrivée au pays des soldats et des rescapés fut annoncée une quinzaine de jours à l'avance. Quinze jours à attendre, à patienter, à espérer les revoir entier, une période qui nous parut durer un siècle. Au moins, nous savions qu'ils étaient vivants.

La préfecture avait installé un hôpital de campagne destiné à accueillir les grands blessés et, à n'en pas douter, les traumatisés à vie de cet horrible et infâme conflit. Nous étions tous concernés de près ou de loin par l'arrivée de ces hommes qui étaient partis défendre la démocratie au péril de leur vie. Nous nous apprêtions à les aider, leur prodiguer des soins, les rassurer et les fêter dignement, comme il se devait. Dans le fond, que représentait cette quinzaine de jours d'attente ? Essentiellement du soulagement, de la joie et de la paix intérieure pour les familles en attente. Mais pour celles qui n'auraient pas le bonheur de revoir un père, un frère, un fils ou un oncle, l'amertume et le chagrin se liraient sur les visages tristes et fermés.

Un nombre important de nos soldats avaient été engagés dans la terrible campagne d'Italie et à la sanglante bataille de Monte Cassino. Dans la mémoire de ces hommes, ce fut la bataille la plus éprouvante, le plus terrible combat qu'ils eurent à mener. Avant de revenir sur leur terre, ils avaient également participé au débarquement sur la côte méditerranéenne française. Nos soldats faisaient partie du corps expéditionnaire français essentiellement composée de troupes de l'armée d'Afrique.

Il y eut, pendant un moment, un flottement d'incompréhension parmi les parents impatients. Des rumeurs venaient de naître d'où on ne sait et se propageaient à la vitesse de la lumière. Pour l'heure, le retour au pays de nos soldats semblait compromis car il était retardé à cause du mauvais temps. Tout le monde se posait des questions, des regards étonnés s'échangeaient, parcourant et questionnant les visages des uns et des autres dans l'espoir d'y trouver une réponse. Retardé ? Leur retour était retardé ? Qui croire, que croire dans cette histoire ? Avec ces suppositions malveillantes qui avaient germé ici ou là, nous étions tous abasourdis et consternés, imaginant que seule la bêtise humaine pouvait être à l'origine de cette situation. L'aménagement et l'organisation de l'accueil que nous leur réservions et que nous préparions dans la liesse depuis des mois étaient suspendus et notre moral était au plus bas. Croyant aux rumeurs, certains ivres de douleur se mirent à verser des larmes. Ça et là, des lamentations et des gémissements se firent entendre devant tant de déception. Pour éviter d'avancer à tâtons, je cherchai un fil d'Ariane pour me guider. Je pris l'initiative de m'en référer au plus haut niveau de la hiérarchie, c'est-à-dire à son Excellence, Monsieur le Préfet. Je lui expliquai en quelques mots la situation en lui demandant de confirmer l'arrivée ou le retard de nos soldats. Qu'en était-il ? Où se situait la vérité ? Ces rumeurs étaient-elles fondées ?

Toutes ces questions l'affolèrent sur le moment, mais, pour finir, il s'en amusa à mes dépens. Quand il comprit que ce n'étaient ni plus ni moins que des rumeurs malveillantes, après avoir bien profité de mes airs ahuris et de mes inquiétudes, il partit d'un rire tonitruant qui m'effraya. Il s'approcha de moi et me susurra à l'oreille, comme s'il voulait me confier un secret d'Etat de la plus haute importance, sans en faire part aux autres témoins présents, que l'arrivée de nos soldats serait respectée, peut-être même avec deux jours d'avance, vu les bonnes conditions météorologiques. Cette annonce fut pour moi un baume venu au secours de ma détresse. Ma colère fut étouffée par une immense joie. Je me sentis pousser des ailes et je partis presque en courant annoncer la bonne nouvelle, malgré les ragots qui avaient alimenté notre détresse. Je ne voulais pas perdre de temps à savoir d'où venaient ces supposées informations qui nous avaient empoisonné le moral ces derniers jours. Je pensais que, de toutes manières, on ne le saurait pas car on ne connait jamais la source des rumeurs.

A mon arrivée, un petit attroupement s'était constitué autour de moi car j'étais la détentrice de la bonne nouvelle. Les traits sur les visages ne furent plus que sourire, tandis que j'informais, je rassurais, j'assurais la véracité de mes précieuses informations. Ils seraient là et bien là, voire avec un peu d'avance sur le délai prévu. J'étais l'instigatrice de cet heureux dénouement. C'était pour moi une immense récompense d'avoir rendu la joie aux amis et à la famille. Je te l'avais dit, j'étais un peu moins timide que ma sœur. Et puis cette situation ne pouvait pas durer, j'avais hâte moi aussi de revoir mes oncles. Présents dès l'annonce faite aux familles de l'arrivée des soldats et prisonniers de guerre, mes parents partageaient notre joie.

Je fus investie à l'hôpital de campagne dans l'équipe médicale pour prendre en charge les blessés et les diriger vers les services appropriés de mes futurs confrères. Je pris à bras le corps ma nomination et mon rôle en tant que future soignante. Nous étions prêts, et à mon sens, tout avait été minutieusement préparé.

En les attendant, quelques doutes s'immiscèrent toutefois dans nos esprits. Nous nous demandions si nous aurions assez d'antibiotiques et de bactéricides. A cette époque là, nous n'avions que très peu de médicaments. Nous n'avions pas encore accès à la fameuse pénicilline, cet antibiotique miracle, puisque qu'elle était encore dans les bagages des Américains. Nous pallions avec ce que nous avions sous la main, c'est-à-dire pas grand-chose, mais nous étions armés d'un moral à toute épreuve, ainsi que de temps disponible que nous allions entièrement leur consacrer. Eux, qui venaient de remonter des profondeurs de l'enfer ! Eux qui allaient nous revenir brisés ! Pour nous, les plaies de leurs blessures provoquées par cette terrible guerre seraient largement visibles sur leur corps.

Mais qu'en serait-il de ces lésions qu'ils allaient garder à jamais dans leur mémoire et qui ne seraient pas décelées avant longtemps, voire jamais ? Nous ne pouvions pas grand-chose pour eux dans ce cas. Nous nous contenterions de parer au plus urgent, mais nous allions prendre soin de nos vaillants soldats, crois-moi !

Après quelques jours de patience, un souffle de joie vint nous embraser en les apercevant sur le quai, débarquant seuls du bateau pour les plus valides ou avec beaucoup d'assistance et de précaution pour les plus gravement blessés. Les voilà ! Enfin, ils arrivaient, ils étaient là ! Pour cette journée si particulière, les cohues et les bousculades furent indescriptibles et la bonne humeur fut de mise, même au prix d'un pied écrasé. Nous souhaitions tous être parmi les premiers pour pouvoir les toucher, les embrasser, les prendre dans nos bras, les serrer contre nos cœurs en leur souhaitant la bienvenue chez eux.

Les universités et les facultés rouvrirent leurs portes et je repris mes études, retrouvant mes amis, mes profs, l'amphi et le chemin de la salle de dissection. Il fallait que je durcisse ma sensibilité à ce sujet parce que j'héritais souvent du rôle de découpeuse. Simon était à l'autre bout de la ville pour sa dernière année d'études. Moi je poursuivais les miennes en alternance en étant interne à l'hôpital. Je naviguais entre les petits bobos du genre « plus de peur que de mal », les piqûres de scorpions, d'insectes et autres bestioles qui mordent et qui piquent, les accidentés du travail, les infections pulmonaires, les grands malades, les accouchements difficiles et les psychopathes ! Je peux te dire que je ne m'ennuyais pas, j'avais de quoi faire ! J'aimais passionnément mon métier et je m'étais souvent posé la question de savoir si j'avais trouvé ma vocation. Je ne sais pas comment définir mon rêve, toujours est-il que je voulais être médecin ou avocat quand j'étais petite fille. Quel lien entre les deux métiers ? Pour moi, c'était le désir de sauver mon prochain et de le défendre, c'était un souhait d'enfant, un équilibre, une finalité. En cette fin de cycle, tout se passa du mieux possible. Simon et moi échafaudions de multiples projets. Certains étaient mis en attente, d'autres passaient rapidement aux oubliettes. L'important était de les imaginer.

Nous étions en mille-neuf-cent-quarante-cinq, j'avais vingt ans.

7

La date de notre mariage n'était pas encore vraiment fixée mais nous y pensions très sérieusement. Nos deux familles impatientes attendaient également cette date. Nous étions bousculés par leur demande et nous nous sentions dans l'obligation de leur répondre. Dès lors nous les invitâmes à passer quelques jours ensemble pour en discuter et arrêter une date qui conviendrait à tous. Un premier rendez-vous fut pris dans un restaurant d'excellente réputation. Tout en prenant le temps d'apprécier la présence de nos parents autour d'un bon repas, nous débutâmes les pourparlers. Parmi des éclats de rire résonnant dans la salle du restaurant, les négociations allaient bon train dans la bonne humeur, intensifiées par la qualité de la table et quelques verres de bon vin. Un compromis fut trouvé à l'arraché. Ce serait pour le vingt-sept juillet, dans un an, le jour de mon anniversaire ! Voilà nos parents tout émus, fiers et rassurés. En aparté, Simon me chuchota à l'oreille qu'ils venaient de signer le contrat du siècle ! Chacun regagna sa vie quotidienne, nous à nos chères études, dans tous les sens du terme, et nos parents chez-eux. A partir de cette journée, le processus du compte à rebours fut enclenché pour la plus grande joie de tous.

Pendant cette période, je pris du temps sur mes loisirs et sur mes fins de semaine pour rendre visite à mes oncles et aux autres grands blessés revenus des enfers et qui étaient toujours à l'hôpital. Ils se remettaient peu à peu, mais on ne pourra jamais les guérir de leurs cauchemars et autres hallucinations engendrés par les visions d'horreur qu'ils avaient vécues. C'était un poison ingéré au goutte à goutte par la force des choses et ils le vivaient de jour comme nuit, toujours aussi intensément, et pour le restant de leur existence. Ces blessures dans leur cœur étaient invisibles pour nous, mais pour eux, elles restaient des plaies béantes à jamais. Ni l'amour de leurs proches, ni le soutien de leur famille ne pourraient leur rendre la joie de vivre d'avant.

Il n'y avait, à ce jour, aucune aide ni aucun remède sous forme de médicament contre leurs souffrances. J'avais entendu dire à l'hôpital que certaines personnes étaient si traumatisées par cette guerre qu'elles en arrivaient à se mutiler, gangrénées par le remords de ne pas avoir pu ou su sauver un compagnon d'armes ou de ne pas avoir su gérer la prise d'un bastion à l'ennemi. Nous restions impuissants devant tous ces malheureux. L'unique aide que nous pouvions leur apporter était celle du réconfort, dispensé sans compter, ainsi que notre disponibilité et nos tentatives de compréhension dont nous disposions en quantité illimitée. C'étaient des gestes simples et apaisants qui les rassuraient, nous n'en manquions pas, c'étaient nos seuls faits d'armes à nous. Nous les leur distribuions sans réserve ni retenue, essayant de les aider à notre niveau pour atténuer leurs douleurs et faire en sorte de panser en douceur leurs blessures intérieures.

Malgré ce passage triste concernant nos soldats, le cours de ma vie d'étudiante et d'interne, tout simplement ma vie de jeune femme continuait son chemin. J'évitais de me retourner sur le passé de mes aînés, les sachant entre de bonnes mains.

Simon et moi acceptâmes avec plaisir une invitation inattendue de la part de son frère aîné, ce qui me combla de joie. Nous allions passer quelques jours de vacances ensemble et cela nous permettrait de laisser de côté nos petits malentendus. Nous retrouvâmes quelques cousins et amis et, de fil en aiguille, l'esprit occupé à défaire et à refaire le monde à notre manière, nous ne vîmes pas passer le temps. Nous étions jeunes avec un avenir prometteur et chargé d'espoir, à portée de nos mains. Cette reposante et délicieuse récréation nous changea les idées et nous prîmes congé de nos hôtes pour un retour à la réalité.

8

La date de notre mariage approchait à grands pas et nos deux familles étaient dans une agitation de plus en plus effervescente. On aurait pu penser qu'ils allaient commémorer leur propre anniversaire de mariage ! Mes parents étaient à pied d'œuvre dans les coursives. À les voir s'agiter comme cela, ils me renvoyaient à une vision ubuesque, comme s'ils s'étaient retranchés dans un camp et qu'ils avaient décidé d'un commun accord de ne pas en sortir tant que les préparatifs de notre mariage ne seraient pas terminés. Je tentais de mettre mon grain de sel en insistant sur le fait que la réussite de ce jour pas comme les autres devait se faire dans la simplicité et sans embarras pour aucune famille. Ils finirent par accepter mon point de vue en me sermonnant pour la forme et nous finîmes par trouver un compromis.

Mon accident de cheval m'avait fait prendre du retard dans les études et j'avais encore quelques séquelles, mais elles restaient imperceptibles. Les préparatifs de notre mariage étaient bien plus importants à mes yeux. Simon terminant ses études dans un mois. Ce n'était pas le moment de retourner fouiller dans le passé, nous étions à dix jours de la cérémonie.

Avec ma mère, nous partîmes effectuer nos dernières emplettes vestimentaires. Une complicité inhabituelle entre nous m'apporta une tranche de bonheur supplémentaire et inattendue qui enivra mon cœur.

Une semaine avant notre mariage, Simon et moi avions fêté chacun de notre côté, avec nos amis et nos proches connaissances, les derniers jours de notre célibat. Au pénultième jour de la cérémonie, nous nous étions retrouvés tous ensemble pour continuer la fête et faire la tournée des grands ducs, comme l'on dit souvent, quand il est question de fêter dignement un événement aussi important que le nôtre.

Enfin arriva le vingt-sept juillet qui fut le plus beau jour de ma vie. C'était le jour de mon anniversaire. Vers dix-huit heures, au bras de mon père et vêtue d'une sublime robe en soie sauvage avec une traîne à faire pâlir tout le gotha mondain, nous prîmes la direction de la mairie où mon futur beau-père allait officialiser notre union en tant que maire. Nous étions accompagnés et soutenus par une cohorte de parents et d'invités. Après les palabres d'usage de monsieur le maire nous étions unis devant les hommes. En quelques mots, je vais te détailler le sens de nos coutumes, qui concernent traditionnellement les temps forts de la vie du futur couple avant et après le mariage.

Cela avait commencé l'avant-veille du mariage où j'avais été prise en charge par toutes les femmes pour le fameux bain cérémonial dans lequel je suis lavée, grattée avec une lanière de crin et à la pierre ponce. Oui, tu as bien entendu ! D'après la tradition, c'est un rituel et c'est dans ce bain que toutes les jeunes femmes, avant de se marier, laissent derrière elles toutes leurs mauvaises actions. Elles sont purifiées spirituellement. Après cela viennent les massages aux huiles et onguents parfumés, et pour finir, on a ce que l'on appelle la soirée du henné, de beaux tatouages faits sur les mains et les chevilles. Je m'étais laissée aller entre leurs mains expertes, pour mon plus grand plaisir. Arrive ensuite le jour du mariage où nous sommes pris en charge par les jeunes des deux familles et nos amis. Nos proches profitent de l'occasion pour se surpasser par une bonne action. Ils nous habillent pour la cérémonie et, à partir de cet instant, nous sommes considérés comme roi et reine pendant un an et particulièrement durant les sept jours qui suivent le mariage. Nous fûmes donc servis comme des rois, il s'agit d'une tradition ancestrale accompagnée d'un soupçon de religion. Ce n'était pas cela le plus important car nous faisions fi de cette dernière, c'était juste pour conforter le respect que nous devions à nos parents et quelque part, perpétuer les coutumes en faisant vivre la légende. Cela enchantait nos ainés et leur assurait que nous étions des jeunes respectant les traditions et la position sociale de nos familles.

Le banquet de noces que nos parents nous avaient concocté de main de maître, où les plus grands vins venus de France côtoyaient les mets les plus exquis, surpassa le repas de nos fiançailles qui déjà m'avait semblé grandiose. Ce festin de noces le relégua au niveau d'un souper très ordinaire un dimanche soir en famille.

Dès le lendemain, nous commençâmes la traditionnelle virée des invitations. Nous étions invités tous les jours chez les uns et les autres. Le clan ou la famille qui avait eu l'honneur d'inviter notre couple le faisait savoir à la ronde car cette visite était aussi considérée comme une bénédiction qui chassait le mauvais œil sur tous ceux qui nous recevaient. Nous entrions en grâce à leurs yeux. Tous ces liens étaient riches de sens et c'est la raison pour laquelle les festivités d'un mariage pouvaient durer plusieurs jours.

9

Un an après, je t'ai donné la vie. Tu vins au monde le dix-huit juillet vers quatorze heures trente. Tu étais le rayon de lumière de notre union et quand tu as commencé à faire tes premiers pas, ton père ne se séparait plus de toi. Tu étais portée comme un trophée où qu'il se rende, quoi qu'il fasse, tu étais toujours avec lui. Il disait de toi que tu étais son petit garçon manqué, malgré les deux garçons qui allaient naître après toi. Quelques années passèrent, notre vie de couple avançait sur un rythme cadencé, entre notre travail, les enfants, la famille et les amis, comme tout un chacun.

Et puis un jour vint ce maudit jour.

C'est à partir de là que commencèrent les rumeurs, avec des suppositions aléatoires, des insinuations mesquines, des accusations virulentes et des calomnies en veux-tu en voilà ! C'est à partir de là que commença ma lente descente aux enfers. Te souviens-tu de ce jour où tu étais devant le porche de la maison à m'attendre avec ton père ? Tu me vis revenir à cheval, accompagnée d'Ishaï le plus jeune de tes oncles. Nous revenions d'une visite du centre équestre de mes parents où il avait la fonction de soigneur. C'est à cet instant que j'ai croisé le regard assassin de ton père.

À mon arrivée dans la maison, ma dispute avec Simon resta sans gravité. Je lui expliquai que son frère avait un problème lié au caractère d'une jeune pouliche, qu'il voulait le résoudre de toute urgence et que mon avis lui était indispensable. Nous avions simplement sorti cette pouliche du haras pour connaître son tempérament au moyen de sauts d'obstacles. Simon me jeta à la figure que j'allais trop souvent au centre équestre, que ma vie ne s'arrêtait et ne se résumait pas qu'aux chevaux. Il convenait que ma passion des chevaux était une bonne cause et qu'il me comprenait très bien. Il ajouta d'un ton perfide que je délaissais un peu notre couple, nos enfants et le reste de la famille, sans oublier sa petite personne. Suite à cette première dispute, nous signâmes une paix toute relative par un traité de non-agression. Tout était bien qui finissait bien dans le meilleur des mondes. Comme je n'avais strictement rien à cacher j'oubliai, cette première altercation.

Les liens que j'avais avec son frère étaient uniquement d'ordre professionnel et familial. Aucune pensée de sa part comme de la mienne ne s'attardait en deçà du rôle de chacun, dans la passion des chevaux qui nous animait. Mon seul tort vis-à-vis de mon beau-frère fut de lui accorder trop d'attention, de l'avoir souvent protégé et de lui avoir garanti un emploi. Cela lui évita de tomber dans la déchéance et de sombrer dans les abîmes de l'alcoolisme. Il voyait peut-être en moi la sœur qu'il n'avait pas eue et qu'il cherchait depuis longtemps. Il me considérait comme un soutien, une confidente et ça n'allait pas plus loin. Il n'y avait rien d'autre entre nous, même pas un mot à connotation litigieuse.

Mais ce n'était pas le cas aux yeux de Simon qui voyait et imaginait tout et son contraire. Pour ce faire, il avait revêtu le costume de l'homme trompé et s'était laissé titiller par les morsures de la jalousie envers son petit frère, du fait de ce lien qui nous unissait. Ceci devenait inquiétant. Je n'avais pas changé d'un iota mes faits et gestes envers ce garçon. Simon n'attendait qu'un faux pas de la part de l'un ou de l'autre pour se donner le droit d'entamer les hostilités.

Les jours et les semaines qui suivirent cette petite incartade de langage, ayant pour origine des suspicions non étayées à mon endroit, me renvoyaient l'image d'un Simon en loup affamé, traquant et pistant sa proie en prédateur averti, jusque dans les moindres recoins, sur la moindre parcelle. C'était épuisant et stressant de se sentir épiée, d'être rabrouée du matin jusqu'à la nuit tombée pour le moindre mot. Les paroles de tendresse et d'amour n'avaient plus leur place entre nous et seules transparaissaient les marques de son caractère autoritaire de petit dictateur et de despote. Oui, je sais ma fille, je suis dure avec lui, mes mots ne sont pas faciles à entendre, mais a-t-il seulement été tendre avec moi ?

A partir de ce jour, la vie à la maison devint invivable et ingérable. La peur s'était immiscée dans ma tête. Je ne savais plus comment me comporter, comment me protéger. L'inquiétude était présente à chaque instant. Elle prit les formes d'un rétiaire, elle vint jeter son filet sur moi, elle me domina. J'étais sans défense. Il me faisait le reproche d'être heureuse, il se moquait de mes larmes. Il pensait que j'avais commis une faute, en cherchait les preuves par tous les moyens et se faisait fouine pour un mot ou pour un geste qui n'avait pas lieu d'être selon lui. Il considérait que son rôle de mâle avait été sali. Son imagination finirait bien par inventer à sa manière les arguments qui lui manquaient ! S'il voyait en moi une once de changement dans mon mental ou dans mon comportement, il revêtait son habit d'avocat général, droit comme la justice, marmonnant et m'accusant d'avoir éclaboussé les principes du mariage, d'avoir de surcroit flétri sa soudaine notoriété, sa fameuse réputation, sa petite morale, et bien sûr, son tout nouveau panache. J'étais très inquiète et bien loin d'être rassurée au moindre geste de sa part, même si pour le moment je ne décelais pas de violence. Mais sa fourberie m'apparaissait plus flagrante chaque jour. Pendant ce temps, les rumeurs n'en finissaient pas de courir et de faire des vagues. Un grand concours pour chiens renifleurs avait été organisé et c'était à celui qui saurait le mieux colporter que reviendrait l'honneur d'assister à ma mise à mort !

La rumeur ! Ce feu follet changeant, aussi fantaisiste que versatile et qui te poursuit de ses lueurs d'ectoplasme blanchâtre et surnaturel ! Et que dire de ses déflagrations qui te rendent folle et balaient tout sur leur passage ! Que l'on soit puissant ou pauvre d'esprit, on ne peut retenir ni dompter ce fracas, ces clameurs, même en s'arcboutant de toutes ses forces. Imagine un peu ma fille ! Ces tsunamis déferlants qui n'ont pour seule raison d'être que de briser, d'anéantir et d'engloutir des êtres humains sensibles et fragiles, pour la plupart sans défense, sans recours, ni aucune porte de sortie. Les preuves d'innocence n'ont aucune valeur face aux calomnies tant la rumeur est d'une force herculéenne et balaye tout sur son passage ! Des innocents sont pieds et poings liés, offerts en pâture à la vindicte populaire ! Le coup d'envoi d'une rumeur est facile à donner et tout le monde peut accéder au spectacle.

Une funeste propagande fut mise en place sur ma personne, les mensonges devinrent des vérités à force d'être propagés. Les regards torves et fuyants me voyaient déjà clouée au pilori. Les chuchotements devinrent de moins en moins clandestins, les suspicions se transformèrent en suppositions et les idées bien arrêtées des gens bien-pensants alimentèrent leurs idéologies et leurs principes moraux.

Au centre de ce tintamarre, comme d'habitude, j'étais la seule à ne rien savoir. Subrepticement, quelques phrases m'avaient été rapportées par des amies. Elles attirèrent mon attention sur le fait que des proches de Simon lui suggéraient de laver son honneur suite à un affront que je lui aurais infligé. Insidieusement et à bon compte, les médisants voulaient voir couler mon sang et rappeler qui était le maître au sein de notre couple. Ces rumeurs furent rapportées et échangées de bouche à oreille, dans la plus pure tradition du téléphone sans fil et de langues bien pendues ! Par quelles familles désireuses de semer la zizanie ? Par quels clans envieux, ces poisons violents, fallacieux et savamment distillés étaient-ils inoculés ? Ils se répandaient à la vitesse d'une traînée de poudre qui s'enflammait et c'est cette brûlure qui allait me détruire. Je ne pensais pas, non vraiment pas avoir autant d'ennemis ! Je ne m'en connaissais pas, ou alors ils cachaient très bien leur jeu avec leurs simagrées, dissimulés au sein même de ma propre famille. Etre trahi par les siens, je ne pouvais pas le croire, je ne voulais pas en avoir la confirmation. J'essayais d'ignorer cette trahison en me forçant à l'ingurgiter et à l'absorber, de gré ou de force. Ma peine et mon chagrin étaient immenses, j'étais inconsolable ! Les gens que je croisais dans la rue avaient des visages soupçonneux et inquisiteurs. Leurs sourires n'étaient que rictus ironiques d'une stupidité affligeante. Ils me faisaient face un court instant, sans avoir le courage de soutenir mon regard, puis se détournaient rapidement sur mon passage, comme si j'étais porteuse d'une maladie honteuse. Je me sentais pourchassée par cette horde, j'étais cernée comme une bête aux abois, je n'avais plus le choix. Ces hyènes qui me poursuivaient se délectaient de mes blessures, attendaient patiemment que je tombe, chassaient toujours en meute pour que chacune d'elles ait sa part de la bête.

Je cherchais qui pourrait répondre à mon appel au secours et intercéder en ma faveur, qui pourrait expliquer à Simon qu'il se trompait complètement sur mon compte. En vain ! Toutes mes questions restèrent lettres mortes. Ma famille considérait également que son honneur était bafoué, c'était un comble ! Je n'en croyais pas un mot, j'étais sidérée par tant d'incompréhension et par leur jugement à l'emporte-pièce. Leur discernement s'était volatilisé et ils étaient plus enclins à croire le premier charlatan venu qui leur proposerait de leur bander les yeux et de les faire marcher sur l'eau ! Cela me dépassait, agressait mon entendement mais écorchait surtout ma sensibilité.

10

Alors que je le pensais être dans une phase de répit, Simon revint à la charge. J'avais devant moi un prédateur dans toute sa superbe, regard sournois, air machiavélique et attitude haineuse. Il me faisait l'effet d'une alêne qui vient de se planter dans mon dos. J'avais peur, j'éprouvais de l'angoisse. Je n'avais plus confiance en lui, je craignais pour ma vie.

Il me provoqua à nouveau de manière verbale. Ses mots étaient grotesques, injustes, insultants. C'était quasiment tous les jours et sans répit. Avec des mots, je pouvais encore réfuter et contredire ses mensonges. Mes moindres faits et gestes étaient épiés et mesurés, mes contacts espionnés, il me talonnait, reniflant la moindre trace, en vrai chien d'arrêt. J'étais sa proie et il s'en jouait, jusqu'au moment où il déciderait du coup de grâce. Mes amis s'éloignaient de moi, eux aussi avaient apparemment fini par aller boire à la fontaine des rumeurs. C'était si tentant !

Tout ce que je souhaitais, c'était qu'il s'épuise le plus rapidement possible et qu'il abandonne ses persécutions. J'avais oublié que la haine s'alimentait elle-même. En attendant, c'était moi qui m'épuisais. Mon travail s'en ressentait, il me fallait plus d'attention pour ne pas prendre de risques avec les malades. Les diagnostics devaient être sans équivoque et les posologies précises pour éviter des conséquences fatales ou irréversibles pour les patients. Ma conscience en aurait pris un sacré coup, comme si cela ne me suffisait pas ! J'envisageais sérieusement de quitter le domicile conjugal, ce domicile où j'avais vécu quelques années de bonheur et où j'avais donné la vie à mes trois enfants. Les naissances à l'époque se faisaient dans la maison familiale, assistées par l'expérience des femmes les plus âgées. Je pensais, j'échafaudais et j'imaginais prendre mes enfants et m'en aller loin, très loin, jusqu' au bout du monde, s'il le fallait. Mais voilà, dans quelle direction se trouve le bout du monde ? Commence-t-il à partir de l'entrebâillement de la porte ? Clouée par la peur, j'étais incapable de prendre une décision qui me serait favorable. Je sentais déjà le néant s'abattre sur moi dès le seuil de ma maison franchi. Et pourtant, l'épée de Damoclès était bien présente au dessus de ma tête pour me rappeler que la situation pouvait dégénérer à tout instant.

Je cauchemardais presque toutes les nuits. Manquant de sommeil, j'étais harassée, exténuée, vidée. Je me sentais en danger partout dans la maison, je sursautais au moindre bruit. Un courant d'air, un claquement de porte et la peur bondissait dans mon corps et me submergeait comme une vague trop haute. J'étais constamment dans un état d'inquiétude et prête à hurler comme une sirène d'alarme. Mes craintes redoublaient dès que je sentais la présence de Simon dans la maison. A l'extérieur, ce n'était pas mieux. Je craignais de le voir surgir sur mon lieu de travail, dans l'entrebâillement de la porte de mon bureau, pour me faire un scandale comme il savait si bien les faire, et toujours à son avantage bien sûr. Je ne supportais plus ce carcan dans lequel je me sentais physiquement et psychiquement prisonnière. Sa façon très poussée de m'espionner me laminait. Si j'avais dû la coter sur l'échelle de Richter, elle aurait été au-dessus des limites tolérables, en provoquant les mêmes dégâts.

Je vais te raconter comment, pour la première fois, je fus brutalisée, puis rouée de coups.

Je voulais me rendre chez mes beaux-parents, pour leur faire une visite de courtoisie accompagnée de mes enfants. La dispute débuta dès que je les eus installés dans la voiture et, bien sûr, devant quelques voisins proches de notre couple. Simon avait la manie de m'apostropher devant tout le monde pour que chacun puisse profiter de son martyre et plaindre sa petite personne bouffie d'orgueil. Sa voix de stentor appuyait ses dires de manière ostentatoire et l'évidence sur la véracité de leur contenu s'étalait sans discernement dans les esprits de ses spectateurs. Il était quelqu'un qui aimait paraître, qui voulait que l'on s'aperçoive de sa présence, en bien ou en mal, pourvu qu'il se fasse voir et entendre. Il avait besoin de témoins pour son côté m'as-tu-vu. Il lui suffisait d'une seule personne présente sur les lieux, avec des oreilles très fines et une langue fourchue. Il s'en trouvait rassuré et surtout assuré que ses paroles et ses actes seraient prêchés dans tout le quartier, surtout aux braves gens bien sous tous rapports qui eux n'avaient pas été aux premières loges.

J'avais pour habitude de rester sur le qui-vive mais cela ne suffisait pas. Il s'approcha d'un air menaçant et commença par me demander où j'allais avec les enfants. Je lui répondis que j'allais chez ses parents pour une heure ou deux. Il contourna la voiture puis voulut en faire descendre les enfants car il ne souhaitait pas que je me rende chez ses parents. Ma colère, contenue jusqu'à ce jour, explosa et je m'opposai à sa décision de toutes mes forces. Une violente altercation s'ensuivit et les enfants se mirent à pleurer et à crier. Ça ne le dérangea pas outre mesure, bien au contraire, puisque c'était encore moi qui allais endosser le rôle de mauvaise mère.

Brusquement, comme un fou furieux, il me saisit le cou d'une main puissante et me secoua comme un vulgaire torchon. Ses mains aussi larges que des battoirs à linge me couvrirent le visage de gifles. Je me retrouvai à terre sous une grêle de coups. Des coups de pieds dans le ventre se mirent alors à pleuvoir. Il s'acharna sur moi, je tentai de me protéger comme je pouvais de mes bras. En les entendant hurler, j'aperçus les enfants. Ils étaient pétrifiés de peur. Cela me mit encore plus hors de moi et mon instinct de mère m'insuffla des forces supplémentaires. Mon opposition resta cependant bien faible face à sa brutalité. Il était pris en otage par sa violence et n'entendait ni ne reconnaissait les siens. Un voisin vint le raisonner, d'autres apparurent aux fenêtres pour se délecter de la dispute, quelques uns sur place essayant d'intervenir. Simon n'en avait cure. Monsieur ne supportait pas les remontrances de qui que ce soit et encore moins d'un voisin. Il envoya d'une pichenette le premier intervenant choir sur le parterre de roses que je venais de nettoyer le matin même. Quelle ironie !

Dans le bain de lassitude et de tristesse dans lequel j'étais plongée ces dernières semaines, je n'avais pas pris conscience, que je m'étais laissé petit à petit enfermer dans cette gangue. J'étais devenue un objet entre ses mains, j'étais devenue sa descente de lit, son tapis d'entrée sur lequel il s'essuyait les pieds quand bon lui semblait. J'étais devenue un ustensile parmi tant d'autres.

Ce fut la première fois qu'il porta la main sur moi. Naïve, je me souviens avoir espéré que ce serait la seule et unique fois. Je n'étais plus la Sarah qu'il aimait comme un fou, comme aux premières heures de notre histoire ! Il n'était plus Simon, l'amour de ma vie et le père de mes enfants ! Je faisais relâche sur mes souvenirs. Le vase venait de déborder, ma situation était dramatique et j'y voyais une tragédie des plus pernicieuses qui soit.

A partir de ce jour là, je me sentais en péril dès qu'il me menaçait ou me posait des ultimatums. Je m'affolais pour un rien, je dépérissais à vue d'œil, je traversais des périodes anxiogènes et je stressais d'autant plus. J'étais souvent dans une phase léthargique, j'avais peur de subir sa brutalité, peur de sa cruauté dont je découvrais les symptômes. Je l'avais vu de mes yeux agir sauvagement. J'avais décelé en lui les instincts impitoyables des Barbares. J'avais peur qu'il soit pris d'une folie meurtrière, peur qu'il me porte un mauvais coup, peur que ce coup me soit fatal.

11

Un ami avocat m'avait précisé la procédure à suivre pour entamer une séparation. Il me mit en garde contre cette soudaine violence née de la jalousie de Simon. Cette dernière, conçue dans la fange des rumeurs, s'alimentait et se développait en son sein. Je pris bonne note de ses conseils, sans me faire d'illusions.

Je décidai, dès que je me sentirais moins sur la défensive, d'entamer la procédure de séparation. Il finirait tôt ou tard par l'apprendre. Malheureusement pour moi, on ne divorce pas au sein de cette puissante famille. Ce mot ne fait pas partie du vocabulaire de leur caste ou alors, prononcé du bout des lèvres, sur un air de conspirateur. En ces temps-là, un mariage était à la vie, à la mort. En fait, j'étais incapable de demander le divorce, c'était impensable. J'avais trop peur de lui ! Imagine un peu ma fille, s'il l'apprenait ! Connaissant le caractère irascible de ton père, c'est comme si je demandais au fossoyeur de creuser ma tombe sur le champ !

J'allais patienter et attendre de voir cette toute petite lueur d'espoir qui se signalerait et me rassurerait. Le début d'un changement de la part de Simon, la fin d'un mauvais rêve. Je voulais encore y croire, je persistais dans cette attente. Je tenais à mon couple qui avait été construit sur des bases solides, avec des sentiments réciproques, ainsi que la bénédiction de nos familles.

Je souhaitais vraiment tenter l'impossible pour recoller les morceaux. Cet impossible existait-il ? Et où était-il ? Qui allait me guider vers cette issue ?

Dans les jours qui suivirent, je remarquai un affaiblissement de ses attaques verbales. Peut-être était-ce parce que ses sautes d'humeurs et son air bougon me fatiguaient et je tentais de les ignorer. C'était peut-être un faux répit mais il était le bienvenu. J'appréciais cette pause et le silence qui l'accompagnait. Vivant avec le souhait d'une amélioration entre nous, je faisais tout mon possible pour nous emmener vers un sursis de longue durée et j'attendais la suite avec espoir, quelquefois sereine, souvent désespérée. Tout en restant sur mes gardes, j'essayais de prendre des initiatives, de lui proposer des sorties, tous les deux ou avec les enfants, visiter ou aller voir nos amis.

Je compris vite d'où venait cette soudaine accalmie au sein de notre couple. Simon avait dans sa ligne de mire, son jeune frère Ishaï ! Son jeune frère que j'avais pris sous ma protection. Avec un malin plaisir, il s'était rendu presque chaque jour sur son lieu de travail, en l'occurrence au haras de mes parents. Il l'avait harcelé, lui avait posé des questions absurdes et incohérentes, au final sans queue ni tête ! Simon avait pourchassé son frère pour le débusquer et le faire trébucher sur des fautes qu'il aurait pu commettre et qui m'auraient impliquée nécessairement.

Plus d'une fois mon père était venu au secours de son employé en s'interposant entre les deux protagonistes. Il s'était même permis de faire la morale à Simon et le raisonner, le pensant plus malléable et plus respectueux de leur récent lien familial, en lui expliquant que son frère et sa femme n'étaient pas amants. Peine perdue, rien de bien précis n'était sorti de son verbiage métaphorique. Il était resté campé sur ses positions de mari trompé. Il n'en démordait pas et avait décidé de nous en faire voir de toutes les couleurs, nous étions son frère et moi jugés et condamnés par avance. Persuadé d'être en accord avec son seul bon droit, il avait continué à traquer son frère. Une dispute, suivie d'un accrochage avait eu lieu et ils en étaient venus aux mains.

Je venais d'identifier l'origine de ses soupçons. Quand je m'en rendis compte, il était déjà bien trop tard. Au vu de ces faits, mes propositions de réconciliation furent pour lui des leurres et mes efforts réduits à néant. Une remarque banale, quelques mots insignifiants suffirent pour remettre en route sa production de fiel à mon endroit. Mon père me disait de bien rester en retrait, de me tenir éloignée aussi loin que je pouvais parce qu'il n'avait jamais vu une personne aussi emportée et agressive que Simon. Ce dernier n'avait eu aucune compassion pour son frère Ishaï qui se remettait doucement de l'ablation d'un kyste de Baker.

Sa violence aux relents destructeurs me provoquait des frayeurs et me hantait. J'étais attristée et consternée par son comportement psychorigide et sans cœur. Il était bien loin de la fierté qu'il revêtait à mes yeux. Ce regain de jalousie ne plaidait pas en sa faveur pour notre réconciliation et je m'éloignais de lui un peu plus chaque jour.

12

Je vaquais à mes obligations ménagères, sans sourciller, tout en restant sur mes gardes. Je réservais du temps à mes enfants pour leur bien-être en les protégeant du mieux que je pouvais. Simon ayant renvoyé les deux employées de maison que nous avions à notre service, je me retrouvais avec une surcharge de travail considérable. C'était la petite vengeance personnelle et passablement mesquine de son esprit finalement médiocre et très étriqué. Il ne voulait pas de témoins à nos disputes à la maison, bien qu'il m'ait habituée à une présence étrangère pour que ses hurlements soient approuvés. Cette nouvelle étape dans nos rapports et ce revirement de situation me firent craindre que le pire était encore à venir.

Ce jeu du chat et de la souris, qui se guettent et qui s'épient, et auquel j'étais confrontée, finissait par m'épuiser. Je n'avais pas le meilleur rôle car je sentais que j'allais finir entre ses griffes acérées comme des lames de rasoir. Encore et encore, il continuait à m'agresser par ses vociférations entrecoupées de moments de silence lourds de sens. Il consacrait ces périodes de calme, grappillées entre nos affrontements et règlements de compte, à multiplier ses recherches, sonder mes attitudes, éplucher mon emploi du temps et disséquer mes explications. Il en arrivait maintenant à se disputer avec une partie du voisinage. La vision qu'il donnait de lui-même correspondait au fameux El Ingenioso

Hidalgo Don Quijote de la Mancha. Entre ses soutiens et ses détracteurs, une rivalité se faisait jour, des noms d'oiseaux et autres amabilités s'échangeaient sans discrétion.

Une controverse sans précédent naquit au sein de la famille de ses parents qui cherchaient à tempérer la situation. Simon n'avait que faire de leur autorité, il n'acceptait pas leurs remontrances, cela lui était insupportable qu'ils lui fassent encore la morale à son âge. Ces rumeurs le détruisaient. Il sentait les regards ironiques, son aura n'était plus aussi efficace et ne faisait plus office de valeur refuge. Son rayonnement s'était affaibli et son influence avait disparu. En ville, certaines conversations s'arrêtaient sur son passage. D'autres, comme celles de nos voisins très proches étaient volontairement audibles. Les chuchotements s'étouffaient quand il passait à proximité de gens qu'il connaissait. Certains d'entre eux lui tournèrent le dos pour lui signifier clairement leur hostilité. De même, dans son environnement professionnel, l'atmosphère était devenue délétère.

En acceptant que les rumeurs prennent de la consistance, il récoltait ce qu'il avait bien voulu laisser semer. Sans aucun discernement, avec une propension à se laisser griser par cette cacophonie, pris au piège par son aveuglement, il ne pouvait s'en prendre qu'à lui-même. Lui, l'homme si distingué, tiré à quatre épingles, hautain et fier de sa personne, n'avait eu que ce qu'il méritait.

Simon s'était mis à boire plus que de raison et cela me préoccupait. Je m'en étais rendu compte trop tard, je n'avais pas vu ni suivi son accoutumance aux alcools forts et c'était source d'inquiétude supplémentaire pour moi. Dans les conversations, ses raisonnements devenaient confus, ses arguments aléatoires et je le trouvais hésitant et parfois indécis face aux problèmes à résoudre à la maison. Il se mettait maintenant en colère pour un rien. Les enfants étaient pris entre deux feux, ballotés entre leurs parents, méchamment secoués par leur père ou cajolés par leur mère. Quand il rentrait de son bureau, le silence était la seule attitude pour éviter les tensions. Nous passions le plus clair de notre temps dans le grand patio de la maison attenant aux pièces de vie. Cet espace était mon refuge à ciel ouvert. A l'étage, les chambres me semblaient recéler un piège différent derrière chaque porte.

Avec une propension à boire facilement, Simon connaissait par cœur les endroits et les meubles de la cuisine et du salon où il savait dénicher le breuvage miraculeux qui lui procurait son euphorie quotidienne au démarrage de la journée. Elle était toujours suivie d'une agressivité qui montait rapidement en intensité. J'essayais, sans résultats, de cacher ou de jeter ses élixirs qui le détruisaient à petit feu et, par ricochet, nous empoisonnaient la vie à tous. Il avait le « vin mauvais » il devenait querelleur, brutal et très dangereux. Dommage qu'il n'ait pas eu le « vin de singe » qui aurait fait de lui un homme gai. Pour déclencher les hostilités, il s'accaparait du moindre mot qu'il considérait comme non autorisé dans une conversation.

13

Cela commençait par une gifle cinglante ou un coup de poing. Il retirait son ceinturon et l'enroulait patiemment autour de sa main en prenant bien soin de laisser la boucle libre pour frapper et faire mal. Les coups tombaient sur mon corps encore meurtri par la précédente « leçon », selon ses propres termes. Il utilisait son ceinturon comme un fouet qui s'abattait sur moi de la tête aux jambes. Sans viser aucune partie du corps en particulier, il lançait et faisait claquer ce fouet-ceinturon comme les gauchos d'Amérique du Sud qui se tiennent à la bonne distance de frappe pour dresser les chevaux. Il se sentait maître chez lui, se permettant même de faire relâche pour se reposer. Passablement alcoolisé, il s'essoufflait vite. Aux pires moments de ses coups saccadés, j'essayais dans la mesure du possible de me protéger avec mes mains qui bougeaient dans tous les sens en suivant les mouvements de ce terrible ceinturon. En me défendant contre cette maudite ceinture-lasso, j'arrivais quelquefois à l'attraper et l'empêcher de s'abattre sur moi et me zébrer le corps.

Ce jour- là, je m'en sortis avec le nez cassé et une blessure à l'œil faite avec la boucle de sa ceinture. Il cessa de me frapper quand il vit mon œil gonflé et tuméfié. Je m'étais évanouie à la vue de mes vêtements couverts de sang. En reprenant mes esprits, j'étais toujours à terre. Le seul geste de ton père avait été de remettre le ceinturon à sa taille, son travail de dressage étant terminé ! Ce fut un choc horrible et insupportable pour moi de constater que cela avait été sa seule préoccupation alors que j'étais encore allongée sur le sol. Comme si de rien n'était, il s'était ensuite accordé une petite pause et avait bu la moitié de la bouteille de vin directement au goulot. Monsieur gentleman-barbare-homme des cavernes avait bien mérité sa récompense, non ? Je me redressai, je sentis que je pouvais marcher. De nombreuses contusions et quelques courbatures traversaient mon corps et mon champ visuel s'était rétréci de moitié. Je me trainai loin de lui, me regardant au passage dans la grande psyché du couloir. Je constatai avec ironie que, tant qu'il y avait de la vie, il y avait de l'espoir. C'était le cas de le dire ! Avec une petite pensée moqueuse sur moi-même, je me découvris dans ce grand miroir une ressemblance frappante avec un amérindien tout peinturluré, dansant dans le désert et invoquant le ciel de faire tomber la pluie. La femme blessée et traumatisée que j'étais avait encore quelques facultés pour réagir. Aussi vite que mes contusions me le permettaient, je courus me réfugier chez mes parents. Ils s'affolèrent en me voyant et mes enfants présents se mirent à pleurer, ne me reconnaissant pas. Entre la colère, le chagrin et la peur, ils pensèrent que Simon m'avait gravement blessée. Nous nous retrouvâmes tous à pleurer de concert en libérant toutes nos émotions.

Après avoir mentalement absorbé l'incompréhension de mon état, mon père et mon frère se mirent dans une colère noire et se rendirent chez nous pour demander des explications à Simon. De retour une heure plus tard, ils m'expliquèrent l'avoir trouvé dans un état lamentable et très éméché, avec la maison sens dessus-dessous. Impossible dans ce cas-là de discuter sérieusement avec lui. Ils l'avaient juste rabroué et bousculé un peu pour lui faire peur, mais avait-il seulement eu peur ? Je n'y croyais pas une seule seconde. Ils l'avaient laissé pour ce qu'il était devenu, c'est-à-dire pas grand-chose.

Quand il eut fini de cuver son vin après deux jours, il vint me chercher chez mes parents, tout penaud, avec son air triste de chien battu, comme si rien ne s'était passé. Quel toupet ! Il fut reçu par mon père comme un caillou dans la chaussure. Il lui fit passer un quart d'heure mémorable. J'espérais que Simon avait suffisamment retenu la détermination implacable de mon père, lequel, par cette leçon, lui faisait comprendre qu'il devait changer d'attitude. A ce moment là, je me mis à imaginer qu'il pourrait être un autre homme, une fois de retour à la maison.

A peine le grand porche franchi, il fit volte-face dans ma direction. Il me prit la gorge d'une main ferme et de l'autre, il tint ma longue natte tressée en queue-de-cheval. Tout en me crachant au visage, sur un ton péremptoire et les yeux exorbités, il me montra d'un signe de la tête le coin où il attachait les bêtes en me disant que je serai à leur place dans quelques jours. Mon sang ne fit qu'un tour entre ses propos invraisemblables et mon imagination débordante. Je pris conscience de tous les risques encourus avec sa violence de prédateur ayant trouvé sa proie. Ils passèrent en visionnage accéléré dans ma tête, il m'annonçait une raclée mémorable. Ni lui, ni moi ne connaissions encore l'issue qui me serait fatale, mais ma mise à mort était bien sur la balance et rien pour faire contrepoids. Je voulu sortir de cette grande cour-prison à ciel ouvert pour retourner chez mes parents. Il me défendit de faire un seul pas, sinon il me tuerait. A partir de ce moment, je devins et me sentis sa prisonnière. Le piège était bien préparé, il venait de tendre le filet et j'allais être prise comme un oiseau. Je ne pouvais t'envoyer chez tes grands-parents pour les alerter de ce qu'il mijotait, tu étais trop jeune. J'espérais simplement qu'un membre de ma famille viendrait rapidement nous rendre visite pour s'assurer que tout allait bien. J'observais ses allées et venues dans l'angle gauche de la cour principale. Je pensais vraiment qu'il réparait l'enclos très vieilli par le temps pour tout simplement protéger ses animaux. Mais ma naïveté venait encore de me jouer un sale tour.

Dès cet instant, je m'aperçu que ma bonne étoile avait disparu du firmament. Elle ne serait plus là pour me guider et ne m'offrirait plus cette protection que j'attendais depuis le début de ces rumeurs destructrices. A partir de ce moment, mes nuits et mes jours devinrent de plus en plus noirs. Le voile du deuil commença à les recouvrir, posé sciemment sur mon avenir incertain. J'eus des pressentiments. Je vis mes dernières heures s'égrener. Je sentais qu'elles m'étaient comptées et que le destin se chargerait de les comptabiliser pour moi.

14

Simon était devenu un ivrogne colérique, hargneux et violent. Son organisme souvent en manque le rendait fou et sa brutalité était décuplée. Il était en transe et semblait être dans la détresse la plus totale quand il n'avait plus son stock de bouteilles en vue. Les enfants se tenaient loin de lui car il leur faisait l'effet d'un étranger menaçant qui serait entré inopinément dans la maison, armé jusqu'aux dents, en prenant toutes ses aises. Nous étions ses otages et la rançon demandée serait lourde à payer pour se libérer de ses griffes. Il se permettait de nous enfermer à la maison pour aller renouveler sa réserve d'alcool, il était devenu insupportable.

Grâce à Dieu, il ne touchait ni ne grondait les enfants, à part quand ils jouaient bruyamment. Il les ignorait le reste du temps, ne les reconnaissant même plus quand il était fortement alcoolisé. C'était un souci de moins pour moi mais je restais quand même sur mes gardes les concernant car j'ignorais où sa folle le mènerait. C'était uniquement ma personne que Sa Majesté toute puissante voulait voir mettre un genou à terre. Pas pour une intronisation chevaleresque en bonne et due forme, mais pour que je demande pardon. Demander pardon ! Mais pour quoi ? Pour avoir subi ces attaques malsaines, suite aux rumeurs par lesquelles il s'était laissé bercer en sachant plaire aux complaisants ? Pour avoir été le plat principal qui avait régalé au passage une nuée de vautours ? Avec des visages doucereux et chafouins, certains d'entre eux l'avaient encouragé, l'avaient soutenu dans ses torts et avaient même tenu le rôle de coach et de sparring-partner, tandis que moi je devenais son punching-ball.

Mon beau-père et mon père avaient prévu de tenir un conseil de famille pour essayer de m'aider à régler ce litige qui entravait et détruisait mon couple. J'avais grandement besoin de leur soutien et tout autant de leur réconfort. Finalement, j'étais la seule à me présenter, Simon ayant fait faux bond. Je fus très déçue, malgré que je m'y attendais quelque peu. Il ne voulait surtout pas apparaître en tant qu'accusé, rôle très blessant pour son ego. Il nous fit savoir que c'en était trop pour lui et nous pria de ne pas organiser d'autres rencontres. Cette fin de non-recevoir m'abasourdit et me laissa perplexe. La tentative de recouvrer une entente entre nous par le biais de nos parents échoua à cause de son orgueil. Malgré cet échec, je gardais un espoir très ténu. Ne faisant pas partie des gens qui remettent les discussions au lendemain, j'approuvai dans ce sens, la citation de Nicolas Boileau dans les Arts Poétiques « *Hâtez-vous lentement et sans perdre courage, vingt fois sur le métier remettez votre ouvrage* ». Mes parents vinrent à mon secours encore une fois, ils me confortèrent et m'assurèrent du bien fondé d'une autre rencontre, en espérant obtenir une réponse positive de la part de Simon.

De retour à la maison, je ne fus toutefois pas surprise. Je découvris mes meubles personnels hérités de ma grand-mère entièrement détruits ! Il s'était acharné, pas un seul n'avait échappé à sa démence, ils étaient irrécupérables ! C'était un monstre, je le haïssais, je le détestais ! Je me dirigeai vers le salon, sachant très bien où j'allais le trouver. Je le vis tout avachi dans son fauteuil, exhalant les effluves d'alcool. Dès qu'il me vit, il se mit à m'insulter en hurlant à tue-tête. Toujours à la recherche de querelles, il sortit de la maison, marchant maladroitement, la dégaine vacillante. Il était à la limite de se retrouver à quatre pattes à la moindre petite tape sur son épaule. Ce poison était devenu son quotidien dès le lever du soleil jusqu'au crépuscule. Comme un roquet gardien d'une masure qui aboye inlassablement, il démarrait toujours sur les chapeaux de roues, vociférant, invectivant les passants et provoquant des altercations pour des peccadilles, parfois avec un voisin, parfois avec un parent. Il se discréditait, nous créait des ennuis et nous faisait honte.

15

Les rancœurs de Simon vis-à-vis de son frère Ishaï étaient légion et ce dernier essayait de se faire oublier. Il ne voulait plus paraître en famille, passait discrètement embrasser ses parents et songeait même à quitter la région, voire même le pays. Leur frère aîné vivait en France et Ishaï attendait un signe de sa part pour le rejoindre. Il croisait souvent Simon ivre, ne tenant plus sur ses jambes et zigzaguant d'un point à un autre de la route. Son attitude burlesque et chancelante lui faisait pitié. Les membres des deux familles étaient atterrés de le voir arriver à ce stade d'inhumanité. Son état éthylique nous renvoyait l'image d'un boxeur trop souvent groggy qui allait se prendre un dernier uppercut et ne se relèverait pas de sitôt. Le combat entre les deux frères aurait été inégal et fort heureusement, il n'eut pas lieu. Le plus jeune esquivait les provocations qui étaient sans effet et même les coups de poing ne touchaient pas leur cible, Simon ayant trop bu.

L'honneur familial était entaché et malmené par ce conflit qui n'avait pas de sens entre les deux frères. Gênées et humiliées, les deux familles déclinèrent les invitations. Les grandes soirées mondaines que ces dernières organisaient à tour de rôle n'eurent plus lieu, chacune restant dans son coin, avec pour seule compagnie la presse quotidienne ou la radio. Le pouvoir des deux clans au sein des communautés avait disparu, ils se sentaient déchus de leur rôle de médiateur qu'ils avaient tenu haut la main. Ils avaient honte. Comment régler les dissensions de la communauté quand dans sa propre bergerie se trouve un loup ? Très embarrassée par cette histoire, la famille de Simon se reprochait de n'avoir pas été assez attentive dès le début de l'affaire. Le discernement qui régissait ses actions lui avait fait gravement défaut. Les ricanements et autres lazzis avaient pourtant été ostensiblement perceptibles, au vu et au su de toute la famille, mais la réaction avait été vraiment trop tardive. Cette dernière venait de laisser un de ses fils aller à vau-l'eau et les difficultés à le récupérer pour le guider vers le droit chemin semblaient insurmontables. Le moral au plus bas, l'entourage familier et amical recherchait la solution la moins pire, même si Simon semblait perdu.

Sa dipsomanie évoluait en dent de scie. Il passait d'épisodes d'alcoolisation intense à des périodes d'abstinence très courtes. C'était rageant pour moi, qui vivais si près de lui, mais surtout pour les enfants qui subissaient les jérémiades de ce père imprégné d'alcool de façon quasi permanente. En aucun cas, je ne les laissais seuls avec lui, j'étais toujours présente. Ils étaient traumatisés et ne voulaient même plus qu'il les accompagnât jusqu'à la grille de leur école. Leurs camarades se moquaient d'eux. Ils étaient chahutés, dénigrés et tenus à l'écart dans la cour de récréation. Entre eux les enfants sont des monstres à tête d'ange. C'était une horreur pour moi de les voir tenus pour responsables et subir les moqueries de leurs camarades d'école. Cela m'était devenu insoutenable. Je savais que tu en souffrais, toi qui rentrais en pleurant presque tous les jours. J'avais fait tout mon possible pour vous changer d'école, mais les méfaits de votre père vous suivaient et je ne savais plus comment inverser cette situation. L'idée d'un précepteur semblait être la meilleure solution pour un apaisement et une tranquillité attendue par nous tous. A l'annonce de cette proposition, ton père me fit un scandale devant toute la famille parce que le bien-être de mes enfants restait ma priorité. C'était la dernière chose que je pouvais encore préserver.

16

L'apaisement et les moments de répit furent de courte durée. Une histoire des plus folles venait de germer dans le peu de cervelle qui restait au roi Bacchus. Avec ses crises liées au syndrome de confusion onirique d'une personne atteinte de délirium tremens, il accusait l'enseignant d'attouchements sur ma fille ! Je m'attendais à tout de sa part et de son esprit malsain mais il faut dire que là, cela dépassait tout entendement. Dans un état alcoolisé supérieur à sa moyenne, il m'expliqua dans un borborygme avoir vu le précepteur tenir notre fille dans ses bras, la caresser et l'embrasser. J'essayais de lui faire comprendre que la petite s'était peut-être confiée à lui, il y avait de quoi, qu'il ne fallait pas voir le mal partout comme il le faisait si bien. L'enseignant n'avait pas commis de gestes déplacés envers la petite mais simplement reçu ses confidences et rassuré ses interrogations.

Simon ne fut pas convaincu par mes explications et il resta sur ses certitudes. Comme un coup de tonnerre annonçant un orage, une dispute éclata entre nous. Cette fois-ci, il avait vraiment dépassé les limites de l'entendement, il perdait la raison. Monsieur avait décidé de vérifier si ma fille n'avait pas été violentée ! Je fus outrée et j'enrageai devant l'inimaginable, parce qu'il avait décidé de pratiquer l'examen lui-même ! Impensable ! Je devins folle, j'appelais au secours mes parents qui tardèrent à venir. Qu'il ose seulement poser la main sur toi ! T'en souviens-tu, de ce passage de ta vie ? L'as-tu mis dans un tiroir secret de ta mémoire et refermé à jamais ?

Tu pleurais, tu disais « Non Papa ! Non Papa ! L'instituteur ne m'a pas touchée ! ». Tu avais essayé de te sauver en allant chez tes grands-parents, tu te débattais comme tu le pouvais. Mon instinct de mère a supplanté tout raisonnement, ma réaction de femme envers les pensées sulfureuses et les gestes vicieux de Simon avait inondé mon corps d'une force inconnue. La réaction ne s'est pas fait attendre. Voyant que lui, ton père, ce cher papa que tu adorais allait poser ses sales pattes sur toi, sous mon toit, ma colère avait décuplé mes forces et pour une fois, c'était moi qui l'avais frappé avec tout ce qui me tombait sous la main ! Vu son état fortement alcoolisé, il était accessible, il ne tenait plus debout et j'eus gain de cause.

Comme la cavalerie qui arrive toujours trop tard après l'attaque, mes parents ne réalisèrent vraiment pas ce qui aurait pu se passer pour leur petite-fille. Quant à ceux de Simon, ce jour-là leur couvrit la tête du voile de la honte et pour longtemps. Leur fils venait de leur infliger une terrible humiliation. Ils étaient extrêmement touchés, bouleversés, en comprenant la portée de l'horreur envisagée par leur fils. La chair de leur chair avait failli être outragée par son propre père ! Je les comprenais mais ma compassion envers ma belle-famille était cependant réduite au strict minimum. Je me souvenais avoir été reçue comme un chien dans un jeu de quille quand les rumeurs se propageaient à tire-d'aile et qu'ils avaient cruellement manqué d'empressement à me soutenir à ce moment-là.

La douleur fut si forte, les agissements de leur fils si blasphématoires, leur déshonneur si cuisant, qu'ils prirent une décision des plus graves. Ils décidèrent de ne plus le reconnaître, ils lui signifièrent dès cet instant qu'il était banni de la famille. Bannir Simon de la famille ? Impensable pour moi ! J'avais pensé à tout, mais pas à ça, parce que la honte et le déshonneur tombaient aussi sur nous. J'étais dans une confusion totale, abasourdie. Simon mis en quarantaine, les communautés, les clans et les amis lui tourneraient le dos, ses activités professionnelles s'en ressentiraient. D'ailleurs ces faits ne tarderaient pas à arriver aux oreilles de son employeur qui se séparerait de lui. Il deviendrait le chien galeux à chasser hors de la ville.

Mon cœur était à nouveau écorché. Cette horrible histoire ne fit qu'aggraver mon supplice. Si mesquines étaient-elles, les railleries et autres injures du voisinage avaient largement dépassé la cote d'alerte. Un matin, nous trouvâmes des lettres glissées sous la porte, dans lesquelles s'étalaient moqueries, insultes et menaces. Elles auraient pu rester sans effet mais il y avait des mises en demeure de quitter le quartier. Je pris la décision de laisser croasser les corbeaux tout leur saoul.

Simon avait manqué à sa dignité d'homme et à l'honneur de la famille. Il avait perdu toute estime, lui, l'enfant prodige, soit disant le meilleur entre tous. Il avait rencontré le démon de l'alcool, ce fléau, cette calamité qui l'avait dérouté de son chemin en l'invitant à prendre une déviation sans issue et sans retour. Sa présence dans notre foyer était considérée par mes parents comme une offense. J'envisageais très sérieusement de demander le divorce.

Depuis deux jours, Simon s'était enfermé dans une chambre à l'étage, ne voulant ni manger, ni voir personne. J'étais malgré tout inquiète pour sa santé mentale et physique. J'essayais de mettre fin à son jeûne en posant un pot d'eau devant la porte mais il ne l'avait pas touché. Le surlendemain, il fit une apparition, l'air fatigué, le visage cadavérique, les cheveux ébouriffés. Il n'avait même pas pensé à passer ses doigts dans ses cheveux en guise de peigne et s'était à peine habillé d'une chemise ! Il avait l'air d'avoir pris cinquante ans en deux jours. Pour se montrer à nouveau en société, il allait falloir qu'il rassemble le peu de courage qui lui avait tant manqué depuis le début, qu'il se défende contre lui-même, qu'il fasse le dos rond pour nous permettre d'oublier au plus vite ses excès sans excuses. Ce n'était pas gagné d'avance, car ce scandale qu'il avait créé de toute pièce s'était finalement retourné contre lui. Il y avait eu trop de dégâts qui n'étaient pas prêts d'être réparés ni surtout oubliés. J'allais presque le plaindre alors qu'il ne me restait plus que quelques miettes d'estime et de pitié en réserve pour lui. Il était définitivement devenu persona non grata.

Il s'enferma à nouveau dans sa chambre sans oublier de prendre non pas de l'eau, mais quatre bouteilles d'alcool fort ! Mon Dieu ! Mais avec qui m'étais-je mariée ? Mes cauchemars qui n'avaient pas vraiment cessé m'assaillirent de plus belle. Je voulais l'empêcher de faire une bêtise, je voulais le raisonner et le mettre face à la vision pitoyable qu'il offrait à ses propres enfants, mais les forces m'abandonnèrent. Toi mon aînée, depuis le scandale des attouchements, tu te tenais loin de ton père. Tu en avais très peur, tu le fuyais comme s'il était porteur d'une maladie contagieuse. Tes deux frères étaient dans mes jupes en permanence. Mes parents veillaient de loin sur nous sans oser nous approcher, de crainte de voir Simon leur tomber dessus comme la foudre. Mais, je savais que je pouvais compter sur leur soutien en cas de besoin.

Les deux familles toutes puissantes, les plus respectées et les plus estimées, venaient de perdre leur dignité, jusqu'à leur statut de bienfaiteurs, chutant ainsi de leur piédestal. Nous subissions une mise en quarantaine comme si nous étions des pestiférés. Les parents de Simon vinrent à la maison pour lui ordonner avec autorité de quitter la famille. Ils décrétèrent qu'il devait partir en France rejoindre son frère aîné. Je ne m'étais pas immiscée dans la discussion, j'avais trop de peine et j'étais gênée de voir mon mari admonesté comme un enfant par ses parents. Il respecta l'ultimatum que ses parents lui avaient imposé et il prit le premier avion en partance pour Paris.

17

Simon trouva facilement du travail en France, c'était le début des Trente Glorieuses. Mon soulagement se trouva amélioré par une autre bonne nouvelle. Il profitait de la surcharge de travail pour se désaccoutumer de son addiction à l'alcool. Ma confiance en lui remonta à la vitesse de mes rêves. Ici, les commérages et autres confabulations sur la vulgaire et dramatique histoire des attouchements s'essoufflèrent, allant jusqu'au désintéressement et presque à l'oubli. Ce répit nous fit du bien, je n'en espérais pas tant. Grâce au départ de Simon hors les murs de la ville, petit à petit, la routine quotidienne reprit dans l'indifférence générale. J'étais toutefois assez lucide pour savoir que ces moments de calme n'étaient qu'un pansement posé sur une jambe de bois.

Simon revint au pays l'année suivante pour ses congés annuels. Tout à notre joie, les enfants et moi lui firent fête. Il arriva les bras chargés de cadeaux. Les enfants furent gâtés, pour eux c'était Noël en plein mois d'août. La seule ombre au tableau pour ces retrouvailles familiales fut l'intransigeance de ses parents. Ils lui firent savoir qu'il ne serait reçu en aucun cas, leur condamnation à l'exil tenait toujours et elle était sans appel. Simon fut affligé par cette sanction. Comme notre situation auprès de nos proches avait un goût de soufre, nous ne fûmes pas en mesure de supporter cette dramatique humiliation. Simon et moi, nous décidâmes d'accepter une invitation de mon oncle de Djerba pour y passer des vacances avec les enfants. Nous y trouverions sûrement un havre de paix bien mérité, parmi la communauté du côté de ma mère et cela nous éviterait d'entendre à nouveau les fielleux cancaner dans notre dos.

Nous appréciâmes avec beaucoup d'émotion l'accueil chaleureux qui nous fut réservé par ce couple sans enfants. Ils nous considéraient comme les leurs et tante Louisa avait toujours aimé et estimé Simon. Ce bonheur d'être en vacances quelques jours, ces sourires permanents, ces soirées en famille et cette délicatesse déposèrent un baume apaisant sur nos chagrins et nos blessures. Cette famille aimante et compréhensive nous insufflait espoir et joie et j'avais l'impression de revenir quelques années en arrière, au temps de nos fiançailles et du partage.

La trêve estivale tirait à sa fin. Il fallait penser au retour et affronter à nouveau les piaillements des gardiens détenteurs de la morale, ces concierges-conservateurs qui se sentaient dans leur bon droit. Comme un cheveu qui vient de tomber dans la soupe et par la même la gâcher, nous croisâmes Ishaï le dernier jour de vacances. Simon était toujours en conflit avec lui suite aux rumeurs nous concernant. Il lui fit un très mauvais accueil, contrairement à mes enfants et moi-même. Nous fûmes contents de revoir cet oncle et beau-frère. Mais je découvris que les pensées de mon mari étaient toujours aussi négatives vis à vis de son frère. Elles n'avaient pas tout à fait disparu, comme je l'avais espéré. Leur résurgence était un prélude au pire.

Simon retourna en France pour son travail, sans passer par notre maison. C'était peut-être mieux ainsi, même si ce fut un déchirement pour nous et encore bien plus traumatisant pour lui. Il me proposa, si tout se passait bien, de nous retrouver en famille en France. Il avait déposé auprès des autorités une demande pour le regroupement familial, il ne restait plus qu'à attendre ce fameux sésame. J'étais agréablement surprise. Est-ce à dire que j'étais sur le point de retrouver mon Simon d'antan ? Je souhaitais et voulais simplement croire encore en lui. Ma naïveté de femme aimante était prête pour ce changement, en espérant du fond du cœur qu'il ne soit pas temporaire. J'essayais d'effacer de ma mémoire toutes ces ignominies infligées à notre couple, et surtout celles que Simon avait laissé distiller sur ma personne, de celles qui obstinément, comme des charbons toujours aussi ardents, avaient été bien entretenues et avaient alimenté ma souffrance.

Pour moi ce fut aussi le retour au pays, sans tambour ni trompette, de manière quasi inaperçue. Je repris discrètement mes activités professionnelles. Comme si de rien n'était, les enfants retournèrent à l'école. De l'affaire des attouchements à l'alcoolisme incontestable de Simon, plus aucune bribe dans les conversations, plus aucun mot désobligeant. D'où venait cette sagesse populaire si soudaine ? Une conjuration était-elle en ébullition dans certaines boites crâniennes et qui, par une ruse de Sioux, allait éclater et m'éclabousser ? Je ne savais plus que penser mais je n'aurais pas été surprise si cela devait arriver. Autant dire qu'un fleuve ne remonte jamais à sa source ! Avec les enfants, nous retrouvâmes instinctivement nos repères et un silence apaisant et réconfortant nous rassura. En contrepartie nous fûmes quelque peu délaissés. Je vécus très mal cet ostracisme imposé par le cœur des hommes, j'en fus très peinée. Encore et toujours, des épreuves m'étaient imposées bien malgré moi. Cette solitude auréolée de bonnes intentions finit par me fragiliser, même si mes parents et ma belle-famille retrouvèrent le chemin qui mène à notre maison, pour la plus grande joie des enfants et de moi-même. Les uns et les autres, nous nous sommes pris dans les bras et avons versé des rivières de larmes, tout en implorant le ciel de conjurer le mauvais sort jeté sur nos familles. Ensemble nous avons récapitulé l'histoire des rumeurs, en remontant jusqu'à leur naissance. Un gigantesque puzzle se présentait à nous. Malheureusement, il en manquait la pièce principale.

18

La visite inattendue de mon beau-frère Ishaï m'étonna. Il arriva un jour à la maison sans prévenir. Cela me fit certes plaisir, il n'avait cependant pas à être là en l'absence de mes enfants ou de l'un de mes parents. Cela allait encore faire jaser, j'en étais certaine, et les cendres des rumeurs n'étaient pas assez froides pour le recevoir sans arrière-pensées. Il était venu nous voir pour m'assurer de sa solidarité bienveillante et de son amitié fraternelle. Il allait partir pour la France pour rejoindre ses frères et souhaitait nous embrasser avant son départ. Comme je le craignais, cette petite visite familiale ne passa pas inaperçue et tomba dans l'escarcelle grande ouverte des guetteurs malveillants ayant pignon sur rue. J'aurais souhaité qu'elle passe à la trappe, au nez et à la barbe de ces curieux maladifs. J'aurais aimé qu'elle passe inaperçue pour tout le monde. J'aurais, j'aurais, j'aurais aimé... Non ! Je ne pouvais tout avoir et tout espérer ! Le mal était ravivé, du bon gros grain à moudre pour les moulins à parole ! Les plus diaboliques d'entre eux allaient s'en donner à cœur joie.

Pourvu que Simon, aussi loin qu'il habitât, n'apprenne pas que son frère était venu nous rendre visite ! Comme de nombreux hommes du pays travaillaient en France, je craignais le pire car je pressentais que l'information allait lui parvenir très rapidement. J'avais de fortes présomptions sur certaines mauvaises langues, très mielleuses mais redoutables. La correspondance échangée entre les familles par courrier ou par télégramme et l'inventif et prolifique « bouche à oreille » estampillé « urgent, laissez passer en priorité » étaient des voies royales pour lui transmettre toutes ces insanités. Mes craintes s'avérèrent fondées. Les mauvaises langues commencèrent leur travail de sape, les murmures assourdissants proclamant sans cesse et incontestablement que le frère de Simon était allé chez Sarah, qu'il était resté plus longtemps qu'on ne le pensait. Qu'avaient-ils fait ensemble ? Que s'étaient-ils dit ? Que s'étaient-ils promis ? Et de plus, aucun des enfants n'était présent ! Pourquoi ne passait-il pas chez elle quand il y avait au moins une autre personne à la maison ? Tout ceci était très louche.

Les relents de leurs diatribes nauséeuses et cyniques parvinrent jusqu'à moi et me soulevèrent le cœur. Qu'en pensez- vous mon ami, vous qui suivez l'affaire de très près ? Vous qui tenez quotidiennement le journal à jour sur « notre amie Sarah ». Quels sont ses faits et gestes aux dernières nouvelles ? Tu as vu ! Comment elle l'avait fait entrer dans sa maison en regardant bien partout comme une voleuse qui va passer à l'acte ! Comme pour s'assurer que nous n'étions pas aux fenêtres ou derrière nos rideaux en train de l'épier ! Enfin quoi ? Elle ne veut quand même pas aussi nous priver de la rubrique « murmures-rumeurs » de notre gazette locale ! Nous ne sommes pas aussi idiots qu'elle voudrait bien le faire croire. Foi de sagouins que nous sommes, nous allons mener notre enquête en l'honneur de notre « frère mâle ». Et pour finir, nous allons la faire trébucher et la piétiner en dansant sur son corps !

La veille du départ en France du frère de Simon, j'entendis frapper à la porte à une heure déjà avancée de la soirée. A mon grand étonnement, c'était encore lui qui venait pour me saluer avant de partir. Je lui dis qu'il était fou de venir à cette heure, qu'il n'avait aucun discernement et qu'il ne pensait qu'à lui ! Que la rumeur allait enfler et nous mener une vie infernale à cause de lui ! Que tous ces malotrus allaient confirmer que nous étions amants et que j'allais regretter de l'avoir pris son mon aile ! Que son frère Simon lui avait promis une rouste mémorable et qu'il m'avait prédit de m'infliger une bastonnade jusqu'à ce que mort s'ensuive ! Sa présence à nouveau chez moi me mettait en danger en me faisant prendre des risques que j'étais incapable d'assumer. Autour de nous, tous ces chiens et ces vautours nous guettaient, nous épiaient et imaginaient des scénarios qui allaient être rapportés pour alimenter la jalousie de Simon en lui donnant un os de plus à ronger. Tout ceci me mettait en colère, j'étais hors de moi et j'essayais de me contrôler pour ne pas lui donner une bonne gifle, tout simplement.

Je n'avais pas voulu le faire entrer et nous étions restés devant la porte pour paraître au vu et au su de tous. Ses sentiments m'indisposaient parce qu'ils mettaient ma réputation à mal. Il était d'une naïveté à rivaliser avec le clown blanc, sans esprit de combativité, souvent triste, d'une candeur à faire rire et sa mélancolie aurait pu faire pleurer les plus solides d'entre nous. Ces traits de caractère faisaient cependant ressortir son authentique sincérité et sa spontanéité. Toutes ces qualités d'innocence lui seyaient à merveille. Je le trouvais quand même irréfléchi et inconscient des pièges qu'il semait involontairement sur son passage, qui allaient, indubitablement, me faire passer pour celle que je n'étais pas.

Plus tard j'eus des nouvelles de Simon, et comme je m'en doutais, il avait eu lui aussi des nouvelles me concernant ! Il avait été tenu informé et il me le signalait dans son courrier, à savoir que son frère Ishaï nous avait rendu visite par deux fois. Ce n'était plus un secret maintenant, je savais qu'il savait. Les informations négatives me concernant étaient déjà cochées sur l'ardoise, comme il aimait à me l'écrire.

19

Les enfants reçurent un grand colis de leur père. Ils furent tout heureux de découvrir des jouets, des vêtements, des friandises inconnues ici ainsi que des fournitures scolaires. Très fiers de leurs cadeaux, ils passèrent leur temps à faire découvrir leur magot à leurs camarades d'école et partagèrent leurs jouets et friandises avec les petits voisins. Ensemble, et de leur plus belle écriture, ils s'appliquèrent pour passer une commande, en dressant une liste de leurs envies. Ils l'envoyèrent à leur père par le courrier suivant. J'étais émue aux larmes de voir mes enfants vivre ce moment de bonheur, de paix et de partage.

Après tous ces coups de cœur et ces coups au cœur, je me réfugiai dans mon chagrin et me laissai aller aux souvenirs. Je sentais que j'allais y stagner un bon moment, car je ne savais pas par quel bout dénouer cet écheveau. Je souhaitais simplement que l'on m'oublie quelque temps pour faire un retour en arrière sur les meilleurs souvenirs de ma vie. En me les remémorant avec une grande émotion, mon chagrin fut immense et mes larmes m'étouffèrent. Je me cachai pour que mes enfants ne me voient pas pleurer. Je pris la résolution de ne plus servir de cible à mes ennemis et ne pas céder aux coups de boutoir agressifs et provocateurs de leurs lamentables attaques. J'étais déterminée. Je m'agrippais à toutes les éventualités pouvant m'aider à régler mes différents avec Simon. Je ne voulais surtout pas déranger mes parents et les inquiéter inutilement. Il fallait que je m'y attèle rapidement, sans perte de temps. Je n'avais de toute façon guère le choix. Le temps avançait inexorablement et Simon allait bientôt revenir pour ses congés annuels. Mon appréhension croissait tel le galop d'un cheval devenu fou. Hantée par ses menaces de châtiment qu'il appliquerait tôt ou tard, je vivais quotidiennement avec le stress de le voir arriver comme un train lancé à toute vitesse. Je ne trouvais plus le repos, le jour et la nuit n'existaient plus.

Je me rendis avec les enfants, chez mes beaux-parents pour une visite de courtoisie. Je ne les avais pas revus depuis le départ de Simon pour la France. Ils m'accueillirent en me prenant dans leurs bras. Je fus étonnée, touchée et émue par leurs gestes affectueux qui en disaient long sur leur solitude et leur immense tristesse. Je m'enquerrai de leurs états d'âme, de la morosité dans laquelle ils étaient plongés depuis l'affaire honteuse des attouchements inspirée et interprétée lamentablement par le principal histrion. J'essayai de réfléchir pour trouver ce qui avait pu les mettre dans cet état de quasi somnambulisme.

Petit à petit, ils ouvrirent le tiroir des confidences. Quels ne furent pas mon étonnement et mon dégoût en apprenant de leur bouche que Simon avait battu comme plâtre son frère Ishaï à peine débarqué en France ! Quel fourbe ! J'étais sidérée et dans une colère noire devant son obsession de la vengeance. Mes beaux-parents avaient eu des nouvelles alarmantes par le fameux système du bouche à oreille. La gravité des blessures de leur jeune fils, suite à la bagarre, avait nécessité un séjour à l'hôpital.

Une fois de plus, Simon avait dépassé les limites. C'en était trop pour mes beaux-parents, leur fibre parentale était triturée, leur notoriété éclaboussée, leur honneur souillé. Et dire que la réputation, l'estime, le respect et la considération étaient essentiels dans leur vie ! Le préjudice moral que Simon leur causait les affaiblissait. Leur honte se mesurait à leurs regards fuyants et tristes.

Je leur annonçai ma séparation avec leur fils. A mon grand étonnement, ils acquiescèrent, allant jusqu'à me proposer leur soutien et leurs conseils. Ce fils qu'ils avaient tant chéri et pour lequel ils n'avaient pas, pendant longtemps, voulu voir le revers de la médaille, ce fils prodige, ce fils si intelligent, ce fils si glorieux, ce fils avait finalement une couronne bien trop grande pour lui.

La visite chez mes beaux-parents s'acheva avec des promesses de se revoir sous peu. Ils m'assurèrent que leur porte resterait grande ouverte pour leurs petits-enfants et moi-même et que je pourrais compter sur eux si j'avais le moindre souci.

20

Nous étions à la mi-juillet et le retour de Simon était sur toutes les lèvres, sauf sur les miennes. J'avais été la dernière informée, je restais encore bien malgré moi la cinquième roue du carrosse. Il avait bien atterri à Alger, mais Monsieur voulait prendre son temps pour arriver jusqu'à la maison. Il souhaitait aussi rendre visite à quelques anciens collègues et amis d'enfance et faire des achats. Qu'à cela ne tienne ! Pour ma part, il pouvait rester autant de temps qu'il voulait. Qu'il en profite bien ! Qu'il prenne tout son temps ! Pour une simple et bonne raison, je n'étais ni enflammée, ni enthousiasmée de le revoir après quinze jours de bon temps, à jouer le zazou raffiné et le dandy fringuant. Moi aussi j'avais eu recours au téléphone sans fil ! Le voici enfin arrivé, en pleine nuit, en fait au petit matin, sur la pointe des pieds, comme un voleur. Reprenant ses droits de maître du foyer, il ne m'avait même pas avertie. Espérait-il trouver quelqu'un occupant sa place dans le lit conjugal ?

A peine entré dans le salon, il posa ses affaires sans me saluer. Je n'existais pas pour lui, j'étais à peine une ombre. Il se dirigea vers les chambres des enfants pour les prendre dans ses bras. Si ce n'était pas un mari tendre, je me réjouissais qu'au moins il lui restait la fibre d'un père aimant.

La situation changea très vite. Dès le lendemain, il se leva, grognon, rouspéteur, acariâtre. C'est que Monsieur était fatigué par son voyage, disons plutôt par ses quinze jours de bringue. Les vacances ensemble commençaient très mal. Les attaques cinglantes ne se firent pas attendre. Il me fit comprendre qu'il voulait respirer et que j'occupais beaucoup trop son espace vital. Sa violence verbale se déclencha. D'un geste repoussant une mouche imaginaire il me somma de dégager sa vue parce que je représentais la puanteur. Voilà, nous étions entrés dans le vif du sujet. J'encaissais sans broncher

La chasse était ouverte pour lui et le parcours du combattant débutait pour moi. Il se tenait prêt, il était même prêt depuis longtemps, ayant froidement mûri sa haine. Il se délectait des préparatifs et des repérages qu'il ne voulait manquer pour rien au monde. Depuis un bon moment, il était dans les starting-blocks où il ajustait ses réglages et affinait sa tactique en professionnel de haut niveau. Les malveillants agitaient comme un leurre les rumeurs sous son nez, tant et si bien qu'il ne détectait nullement la supercherie, malheureusement pour moi. J'étais dès lors le gibier du braconnier.

Simon avait ramené avec lui un lot de quincaillerie qui me laissa perplexe quant à son utilisation. Il me répondit avec ironie que c'était une surprise, en rajoutant que cela ne me regardait pas pour le moment, que je n'avais rien à faire à l'endroit où il comptait l'utiliser, que je le saurais assez tôt et qu'il fallait plutôt que j'aille m'occuper du ménage et des enfants. Je le surveillai néanmoins discrètement et je le vis s'affairer à réparer une barrière en mauvais état, celle qui faisait office de former et fermer un angle dans la grande cour et qui hébergeait trois caprins. Il voulait sans doute éviter que les chacals ou les lynx s'en emparent. Je voyais qu'il réfléchissait, ruminait, tout en ronchonnant. Il était très actif et ça devait gamberger dans sa petite tête. Je l'entendis même injurier tous les saints qui sont aux cieux. Je n'avais pas intérêt à me trouver sur son passage. D'ailleurs, dès que je me rapprochais trop près de lui, il me lançait à la figure l'outil qu'il avait en main, avec l'espoir de me blesser. Je sentais qu'il en rêvait et il rageait quand il me ratait.

Au début, je n'avais pas vraiment porté attention à la façon qu'il avait de se servir plusieurs verres de vin, je ne m'en étais pas rendue compte. Il ne s'était pas du tout désaccoutumé de l'alcool comme il m'en avait fait la promesse. J'étais très déçue parce que j'avais vraiment cru en lui et ma confiance lui avait été acquise dès qu'il m'avait annoncé son intention de ne plus boire. Très vite, ses rancœurs refirent surface et ses agressions verbales se firent de plus en plus lapidaires. Il me narguait, me provoquait sans arrêt avec des mots humiliants.

Par ces journées de chaleur insoutenable, nous étions tous à la recherche d'un peu de fraicheur. Simon ne pensait qu'à boire et bien plus qu'avant son départ pour la France. Cela me préoccupait énormément, il me faisait plus pitié qu'autre chose, mais je craignais surtout les débordements qui pouvaient s'ensuivre. Je me sentais à nouveau prise dans l'engrenage infernal, moi qui misais sur cette sobriété promise qui aurait pu améliorer notre relation de couple. J'avais encore été bien naïve ! Ses serments de ne plus boire se trouvaient rangés au fin fond de sa mémoire dans le casier des oubliettes et sécurisés par le sceau de sa mauvaise foi. Pour moi, notre histoire était devenue une spirale sans fin dans laquelle j'allais tomber et où je finirais par étouffer. Le seul ami sur lequel il s'appuyait était l'alcool. Ses enfants ? Il les ignorait, à mon grand regret. Notre petit dernier était bien malade, chétif et souffreteux, et malgré tous les examens, aucun médecin ni aucun laboratoire ne décelèrent des anomalies. Cela n'inquiétait pas du tout Simon. Il était obnubilé par la réalisation et la réussite de son enclos qu'il passait des heures à peaufiner. Mais pour en faire quoi ? Trois caprins étaient-ils plus importants que sa famille ? Il y aurait eu tant de choses utiles à faire à la maison pendant ses congés !

21

Un jour, Il fit l'effort de joindre ses parents, surtout par respect pour sa mère, en leur envoyant une très belle corbeille de fruits d'ici, accompagnée de friandises d'ailleurs. Son père lui fit savoir que, pour sa part, son exclusion de la famille pour blasphème était toujours en vigueur et qu'il n'était pas question qu'il franchisse le seuil de leur maison. Quant à sa mère, elle nous fit savoir qu'elle passerait chez nous pour voir son fils.

C'était un vendredi, encore une belle et chaude journée. J'attendais cette visite avec impatience depuis que l'annonce nous en avait été faite. Je m'en souviens comme si c'était hier, je pourrais retracer le parcours de cette journée inoubliable. On se souvient toujours des jours où l'on a été très heureux.

Belle-maman était venue à la maison, heureuse et sans se cacher de personne. Avec la force de caractère qui était la sienne, elle avait su tenir tête et avait renvoyé dans les cordes toutes ses amies et sa parentèle aux conseils inefficaces, ainsi que les autres oiseaux de mauvais augure. Elle avait su gérer et prit tout ce petit monde à revers, et je partageais bien volontiers son point de vue. Son geste le plus courageux avait été d'aller à l'encontre de la sentence du chef de clan incarné par son mari. Le cœur d'une mère est toujours aimant, il sait pardonner sans oublier. « *Le cœur a ses raisons que la raison ne connaît point* ». Cet adage de Blaise Pascal lui allait comme un gant. Elle passa la journée avec nous, entre les rires et les larmes, entre les avertissements et les remontrances à l'intention de Simon, les souhaits et les espérances pour nous tous. Les heures passèrent trop rapidement. Belle-maman regagna sa maison, accompagnée jusqu'à la porte de son domicile par son fils et ses petits-enfants.

Au retour, à peine franchi le porche de la maison. Simon se mit à pleurer comme un enfant. C'était la première fois que je le voyais fondre en larmes. Je concevais bien que son exclusion de la famille et l'intransigeance de son père étaient trop lourdes à supporter pour lui, mais l'air qu'il se donnait et qu'il brandissait à bout de bras m'horripilait. Il en était presque à me reprocher une non-assistance à personne en danger. Cela m'insupportait de le voir jouer à l'adolescent réprimandé et faire la tête aux enfants. Ceci devenait un numéro de clown capricieux et mauvais qui voulait s'imposer à tout prix aux yeux de ses spectateurs. Cette comédie avait assez duré. Ma patience ayant des limites, j'en avais par-dessus la tête et j'engageai alors un bras de fer avec lui. Une violente dispute éclata entre nous, comme je n'en avais jamais vécue, ni avec lui, ni avec quiconque. Elle se termina avec des larmes de l'un et de l'autre et aucune solution en vue. Cette altercation eut le mérite d'instaurer entre nous un répit momentané. Les tentatives d'explication furent cependant sans effet et les pardons restèrent très hypothétiques.

Le lendemain, il se réveilla brusquement, comme un ours sorti d'hibernation par mégarde. Les insultes n'étaient plus suffisantes à calmer ses délires, il en vint alors aux mains et se servit de sa force. Ses gifles et ses coups de poing prirent une vigueur inconnue, et comme ça ne lui suffisait pas, ses coups de pieds vinrent compléter l'exutoire de sa haine.

Il me poussa violemment contre la porte fenêtre. J'entendis un grand fracas de verre cassé et je me retrouvai le dos empalé sur la partie de la vitre qui n'était pas tombée. J'étais clouée à cette dernière et j'étais à sa merci. Je le suppliais de m'aider, je l'implorais de me sauver de cette situation, j'avais tellement peur que le morceau de vitre pénètre plus profondément mon dos et me perfore le poumon. Sans son aide, je ne pouvais pas bouger. Pour me soutenir comme je pouvais à cette porte vitrée, j'essayai de mettre mes bras en croix et j'arcboutai mes jambes au sol dans une attitude de suppliciée. Je croyais ma fin proche, je l'imaginais me planter dans le cœur un de ses couteaux de chasse. Il ne croyait pas à mon appel au secours et mit un temps fou à me sortir de cette situation. Au bout de quelques minutes, pour moi quelques années, il réalisa enfin la gravité de mon état et me souleva pour me décrocher de cet épieu planté dans mon dos. Mes cris et le vacarme avaient alerté les voisins qui eux, étaient toujours aux aguets. Ils avaient déjà appelé ma famille. Pour une fois, je leur en sus gré.

Après quelques heures passées à l'hôpital, je m'en sortis avec une belle entaille dans le dos et une grosse frayeur. J'avais vu la fin de ma vie si proche que j'étais allée vivre chez mes parents quelques jours. La peur vrillée au ventre et avec la meilleure volonté, j'étais dans l'incapacité de regagner mon domicile. L'homme, violent qu'était devenu mon mari ne me permettait plus de gérer mon angoisse.

Quelques jours plus tard, j'appris que son frère Ishaï était de retour au pays pour sa convalescence. Je me rendis un matin chez mes beaux-parents pour prendre de ses nouvelles. Aux yeux de Simon, je venais d'outrepasser ses prérogatives, je venais de perpétrer un crime de lèse-majesté qui allait m'être fatal.

Pour résumer ma situation très simplement, j'avais aimé un ange dès notre rencontre et aujourd'hui j'avais affaire à un démon.

22

Dès mon retour à la maison, à peine le porche franchi, je vis Simon m'attendant de pied ferme dans la grande cour, les mains sur les hanches. Il se trouvait tout près de l'enclos des bêtes qu'il venait de réparer. Je perçus dans son regard la lame aiguisée du sacrificateur. La bastonnade jusqu'à ce que mort s'ensuive qu'il promettait de m'infliger était bel et bien toujours cochée dans la case noire de sa mémoire.

A partir de cet instant se déclencha le compte à rebours vers mes dernières heures. J'étais la nuisible qui était entrée malencontreusement sur son territoire, j'étais prise au piège, sans aucune issue de secours, la chasse était ouverte ! De sa main levée et d'une voix autoritaire, il me désigna la direction de l'enclos comme à un chien. Ne comprenant pas assez vite ses ordres, il s'approcha de moi et me tordit le bras à la limite de la fracture, ce qui me fit tomber à terre. Comme un homme des cavernes qu'il était devenu, il m'agrippa les cheveux, me traîna sur plusieurs mètres jusqu'à l'enclos où il me jeta et m'enferma. Je compris alors la raison du soin qu'il avait apporté à sa réalisation. Le grillage était haut et solide, ses mailles trop peu espacées pour s'y accrocher.

Je venais de subir l'humiliation suprême. Hébétée, je me retrouvai parquée avec les bêtes, partageant avec elles le sol de paille sale. Pour lui, je valais encore moins que ces dernières. Je vivais un cauchemar, j'allais me réveiller, il fallait que je me réveille ! Il me laissa là une bonne partie de la journée, en plein soleil, sans un seul morceau de pain ni aucune goutte d'eau. De temps en temps, il venait aboyer à mes oreilles. Il sortit ses caprins de l'enclos pour les attacher un peu plus loin, ne voulant pas souiller ses bêtes de ma présence. Il y tenait plus qu'à la prunelle des yeux de ses enfants. Dieu merci, les petits étaient partis en vacances avec ma sœur Hannah. C'est aussi leur absence qui m'aura été fatale.

Dans ma prison à ciel ouvert, doublée par de hauts murs contre les regards indiscrets, j'eus l'espoir qu'un sursaut de clairvoyance viendrait alimenter son esprit pour l'inviter à réfléchir à ce qu'il faisait. Peine perdue ! J'essayai de faire bouger ces satanés barreaux de la clôture mais je n'y arrivai pas. Je criai et j'appelai au secours. Nous n'habitions quand même pas au bout du monde ! Quelqu'un allait m'entendre. Je le vis sortir de la cuisine en vociférant et s'approcher de moi. Une bouteille à la main, il me menaça de me la casser sur la tête si je ne faisais pas silence. Puis il but au goulot quelques rasades et, délicatement, posât la bouteille par terre avec un sourire narquois. Puis il détacha sa ceinture et ouvrit l'enclos. Se précipitant sur moi, il m'imprima sur le corps une série de zébrures et finit par quelques coups de poing et gifles avant de regagner le confort de la maison. J'étais la bête à qui son maître venait d'administrer son premier cours de dressage. Mes supplications pour un peu d'eau et un morceau de pain restèrent sans réponse. Je passai la nuit éveillée sur ce lit de paille sale et couvert de déjections. Au petit matin, ivre de fatigue, je finis par m'endormir.

Le lendemain, ne me voyant pas venir comme je le leur avais promis la veille, mes parents s'inquiétèrent. Redoutant une nouvelle altercation, ils finirent par accourir. Ils tambourinèrent en vain sur le lourd portail d'entrée. Simon ne voulut pas leur ouvrir la porte. Malgré ses récentes blessures, son jeune frère Ishaï eut la force d'escalader le mur et se retrouva dans le fortin défendu par mon geôlier. Un corps-à-corps s'ensuivit immédiatement entre les deux frères. Ses forces décuplées par la jalousie et la haine permirent à Simon d'enfermer son frère dans l'enclos. Nous étions à présent ses deux prisonniers. Comme un fou furieux, il s'acharna sur son frère avec tout ce qu'il avait sous la main pendant plusieurs minutes ou plusieurs heures, je ne me rendais plus compte. Simon le laissa comme un os sur lequel il ne restait plus rien à ronger. Ishaï était blessé, livide, exsangue. Il s'accroupit au fond de notre geôle et se mit à pleurer à chaudes larmes. Comme un cow-boy qui vient de castrer un jeune veau, Simon rejoignit la maison sans se retourner.

En début d'après midi, il vint me jeter un morceau de pain, déposa un pot d'eau, libéra son frère et m'expliqua froidement que je ne perdais rien pour attendre, qu'il n'avait pas fini avec moi et qu'il allait me régler mon compte. La peur au ventre, il me fut impossible d'émettre un son, ni même de pousser un cri, aphone de stupeur. Il avait l'air d'un chirurgien qui dressait la liste des ustensiles qui allaient lui servir. Comment avais-je pu aimer et épouser ce fou ?

Il s'approcha de moi et commença par me faire des reproches à propos des situations issues de son imagination délirante. Il me les détailla en long, en large et en travers, et me décortiqua la naissance des rumeurs sur ma supposée aventure avec son frère, en m'interdisant d'émettre un seul mot pour ma défense.

Chaque phrase qu'il prononçait était accompagnée de gifles qui me brûlaient les joues. Son état passablement éméché n'en tempérait pas la force. Il ne parlait pas, il hurlait, s'époumonait, tout en me cinglant le visage et le corps de coups. Il avait pris sa ceinture dont il se servait comme d'un lasso. En la lançant de tout son élan, il maitrisait la distance et la vitesse, il avait pris l'habitude, elle claquait dans l'air et s'abattait sans répit sur mon corps. Il l'utilisait aussi d'une autre manière, comme une houssine qui cingle le dos d'un cheval pour le faire avancer.

Il y avait toujours cette maudite bouteille près de l'enclos, il s'autorisait même des pauses pour s'enivrer. Manifestement il avait bien l'esprit d'un petit Machiavel pour lequel la fin justifie les moyens. Se permettant de changer d'arme, il abandonna les coups de poing, de pied et de ceinture, pour utiliser de grandes lattes de bois bien épaisses, restant de la reconstruction de son enclos. C'était sa nouvelle artillerie. Il en prit une, la soupesa, tenta de la plier. Elle résista bien sous sa force, il fut satisfait. Il vérifia ses dimensions, fit des tests de frappe comme une pâle copie de joueur de base-ball.

Ses coups allaient néanmoins être mortels…

23

Te rappelles-tu, ma fille ? A te voir pleurer, il semble que tes souvenirs ressurgissent. Je sais que tu as gardé au fond de ta mémoire cette vision d'horreur où tu me voyais attachée comme une bête, le corps couvert de sang et l'image de ton père s'acharnant sur moi à coups de bâton. Je te revois courir vers moi, je t'entends encore crier « Maman ! ». En te voyant si près de moi, ton père t'avait éloignée rudement pour qu'il puisse finir son travail de tortionnaire. C'était la dernière fois que tu me voyais vivante.

Je sais que pendant des années, tu as posé des questions qui sont restées sans réponse. Pendant des années, tu as cru que j'étais morte d'un cancer du sein. Pendant des années, tu as gardé cette image enfouie dans ta mémoire, celle où tu me vois étendue à moitié dévêtue sur un semblant de matelas. Mon cadavre avait été déposé au fond de la cour pour lui faire les soins d'usage et dire les prières. Je sais que tu te souviens d'avoir vu mon corps qui avait sur tout le côté gauche des couleurs allant du bleu au rouge. C'était ta tante Hannah qui t'avait emmenée jusqu'à moi, pour que tu me voies une dernière fois. Elle t'a laissé juste le temps que tu me dises au revoir, en t'interdisant de t'approcher trop près. Nous n'avons échangé aucun mot mon amour, j'étais déjà morte. Quand ils m'ont enterrée, ils ne t'ont pas laissée m'accompagner jusqu'à ma tombe, tu étais trop jeune.

Pour que tu saisisses l'ampleur de ma tragédie, de mes cris d'agonie, de ma souffrance, je te cite, Jean Le Rond D'Alembert dans Lettre à Voltaire : « J'ai commencé par les croquignoles, je continuerai par les coups de houssine, ensuite viendront les coups de gaule, et je finirai par les coups de bâton ». Cette citation résume bien ma mise à mort programmée par ton père.

Il m'avait attachée avec une longe à un anneau fixé au mur, avec très peu de course pour pouvoir bouger dans le périmètre, juste assez pour m'asseoir, me coucher, mais toujours attachée. Il ne ménagea pas ses pauses, il fallait bien qu'il se sustente et qu'il puisse prendre un moment de repos pour digérer son vin. Il ne cessa de tout le reste de la journée de me battre, même quand j'étais à terre ne réagissant plus aux coups. Mon corps n'était que plaies ouvertes. Mais quand aura-t-il pitié de moi ?

Je passai ma main sur mon visage, il était en sang, mes paupières et ma bouche étaient tuméfiées, j'avais des plaies sur le cuir chevelu, mes cheveux étaient collants et poisseux. Je crois que mon nez était à nouveau cassé, j'avais mal, très mal, je devais aussi avoir des côtes fêlées, je souffrais le martyre quand j'essayai de respirer.

J'avais soif ! Mon Dieu, que j'avais soif ! Mon corps en bouillie portait les couleurs de l'arc-en-ciel, mes vêtements en lambeaux collaient à ma peau et me servaient de charpie. Mes forces déclinèrent. Mes lamentations, mes gémissements, mes spasmes d'agonisante ne lui firent aucun effet. Je n'avais même plus la volonté de lui demander encore une fois d'avoir pitié de moi. Je m'abandonnais, je vacillais, je tombais dans un état comateux, j'allais basculer dans les abîmes de la mort. En me voyant si proche de ces rives du sommeil éternel, je lâchais prise,

Tout près de là, la faucheuse veillait, elle attendait le moment opportun pour venir à ma rencontre. Je me sentais attirée par les bras grand ouverts qu'elle me tendait et dans lesquels j'allais me réfugier. Je savais qu'elle viendrait me chercher, elle m'avait susurré qu'il ne fallait pas avoir peur, que c'était prévu, que c'était écrit, que le rendez-vous était bien pour cette fois-ci. Elle était là, dans la nuit et en silence, entre l'ombre et la lumière. Elle était venue me libérer en m'emportant au petit matin. Dans mon dernier souffle, la délivrance m'avait prise dans ses bras pour me rassurer.

Les malveillants et leurs rumeurs ont eu gain de cause. Un crime pour l'honneur a été commis en leur nom. La dette que je devais a été payée et la sentence exécutée.

Le bourreau avait bien fait son travail.

Remerciements

A Suzanne, Gérard, Marie, Fabienne, Emmanuel

Mille mercis pour m'avoir accordé du temps et de l'énergie. Votre approche et votre participation attentionnées et sincères consacrées à l'élaboration de ce manuscrit m'ont été d'une aide précieuse.

kedy.delullier@orange.fr

Imprimé en France par :

ICN France Libris
ZI des Saligues
64300 Orthez
www.france-libris.fr

IMPRIM'VERT®

Dépôt légal : décembre 2013